梟《ふくろう》の来る庭

めおと相談屋奮闘記

野口　卓

集英社文庫

目次

恋患い　7
梟の来る庭　77
蚕の涎　155
泣いた塑像　213
解説　内田剛　306

梟《ふくろう》の来る庭
めおと相談屋奮闘記

主な登場人物

信吾　黒船町で将棋会所「駒形」と「めおと相談屋」を営む
波乃　楽器商「春秋堂」の次女　信吾の妻
甚兵衛　向島の商家・豊島屋のご隠居「駒形」の家主
常吉　「駒形」の小僧
モト　波乃が嫁ぐ際に両親が付けた教育係
権六　「マムシ」の異名を持つ岡っ引
ハツ　「駒形」の客で天才的将棋少女
正右衛門　信吾の父　浅草東仲町の老舗料理屋「宮戸屋」主人
繁　信吾の母
正吾　信吾の弟
咲江　信吾の祖母

恋患い

一

将棋会所の大黒柱の鈴に来客ありの合図があったので、信吾《しんご》は母屋にもどった。待っていたのは、竹馬の友ならぬ竹輪の友の鶴吉《つるきち》と寿三郎《じゅさぶろう》である。

「完太《かんた》のやつが見ていられないほど落ちこんじゃってね。三人で慰めてやろうと思って、誘いに来たんだ」

鶴吉にそう持ち掛けられたが、信吾は信じられぬ思いであった。波乃《なみの》は気懸かりだからだろう、茶を出したまま襖《ふすま》脇に坐《すわ》って、心配そうな顔をしている。

「完太が落ちこむなんて、一大事じゃないか」

「えッ、一大事って、なんでだい」

信吾が深刻な顔で言ったからだろう、鶴吉ではなくて、いっしょに来た寿三郎のほうが意外そうに訊《き》いた。

「完太は仲間内で一番のんびりして、悩みなんかとは無縁な男だった。そんな完太が落ちこんだというだけでも信じられないのに、ひどくというんだから、事実だとすれば大ごとだと思わざるを得ない」

「信吾、言うことがちょっと大袈裟《おおげさ》すぎやしないか」

鶴吉がそう言うと、まさにそのとおりとでも言いたげに寿三郎がうなずいた。

「大袈裟は言いすぎだとしても、相談屋を始めてから話の運び方が極端になった気がするな。相談客を説得するにはそうでなきゃならないのだろうけど、おれたちは子供のころからの仲間だからね」

「見ていられないほど落ちこんでいる、と言ったのは鶴吉じゃないか。だから見舞おうと誘いに来たんだろ」

「ああ」

「それなのに、おれの心配が大袈裟ってのはおかしいと思うけどね」

「言われてみれば、たしかにおかしい」

「完太が気懸かりなのは当然だが、それ以上に鶴吉と寿三郎のほうが心配になってきた」

「どういうことだ」

二人は、言われた意味がわからないという顔になった。

「いつも完太をからかっている二人が、慰めてやりたいと言ったんだから、烏《からす》が白鷺《しらさぎ》になったようなもんだろう。それがおれには信じられない」

「よしとくれよ。友達のことを心配するのは当たりまえで、からかうのとは問題がべつだろう」

「それが変だと言ったんじゃないよ。長い付きあいでありながら、二人が完太を慰めてやろうなんて思いやりを示したのは今回が初めてだ。二人がそんな気持になってしまったという異常さが、おれには心配でならんのだよ」

「おれたちが完太のことを心配するのは、そんなにおかしいことかい。信吾の言い方は、おれたちには血も涙もないと言ってるのと、おなじことになるのだぞ」

「だってこれまで一度だって、あいつの心配をしたことがあったかい。胸に手を当ててよく考えてみろよ。なかっただろう」

鶴吉と寿三郎は思わずというふうに顔を見あわせたが、信吾は追い討ちを掛けた。

「二人はいつも、完太をからかってばかりいた。慰めの言葉を掛けるとか、思いやりを示したことが一度でもあったかい」

「なかったかなあ」

「ない。一遍もなかった。断言していい」

信吾は自信たっぷりに言い切った。鶴吉は目を泳がせるように見たが、寿三郎はこう言ったのである。

「信吾の言うとおりかもしれんぞ」

「だって、手習所時代からでも、十三、四年になるぜ。もっとまえからの付きあいだからな。その間に一遍もってことは、いくらなんでもないと思うよ」

「おれと鶴吉じゃ慰めているうちに、それを忘れてからかわずにいられなくなる。だったらここは口の達者な信吾を誘おう、てことになったんじゃないか。あいつはもともと弁が立つが、相談屋を始めて磨きが掛かってきたから、少なくともおれたちよりはうまくやるだろうって」

噴き出しそうになったからだろう、波乃があわてて手で口を塞いだが、それを横目で見て信吾は苦笑するしかなかった。

「楽屋裏まで見せることはないけど、それより完太はなにが原因で落ちこんだのだ」

「言おうとしたのに、信吾が変に絡むもんだから」

それはそっちじゃないか、と切り返せばさらに横道に逸《そ》れそうなので、信吾はなにも言わずに目顔で先をうながした。

「完太がお見合いをしてね、相手のことをすっかり気に入ってしまったんだよ」

そう言ったのは寿三郎だ。完太のお見合いについては、信吾は初耳であった。

だったらそこから始めるべきで、どういう理由でなぜ落ちこんでしまったのかと、順を踏むのが普通ではないか。話す順番とか内容の大小を考えずに思い付くままに喋《しゃべ》るから、こちらの調子が狂ってしまうということがわからないのだろうか。

信吾が波乃と暮らすようになったとき、竹輪の友の三人が祝いに来たことがあった。信吾たちの遣《や》り取《と》りを羨ましそうに見ていた寿三郎は、「おれも嫁さんをもらうぞ」と宣言したのである。

ということは、ここに来て完太に先を越されそうになったので、いくらか焦りがあったのだろうか。どうやら婚儀の話には至らなかったようだが、もしも順調に進んでいたら、寿三郎のほうが落ちこんでいたかもしれない。

「完太がその気になったのに、蹴られてしまえば落ちこむのはむりもないけれど」

信吾にはそうとしか考えられなかったが、寿三郎は首を振ったのである。

「はっきり肘鉄を喰《くら》ったのであれば、いくら完太だってきっぱり諦めるはずだから、落ちこみはしないよ。相手も気に入ってくれたのが目を見てわかったために、完太は悄気《しょげ》返《かえ》ってるんだ」

「そりゃ変じゃないか。双方で気に入ったのなら、なにも落ちこむことはないだろう。もしかすると相手もってのは、完太のそうあってほしいという願いによる思いこみじゃないのか。勘ちがいだとわかったので落ちこんだのなら、辻褄《つじつま》があう」

またしても寿三郎は首を振った。

「お豊《とよ》さんの親が、あ、お豊さんってのが見合いの相手でね。本人じゃなくてそのご両親が仲人を通じて、完太の親に断りを入れた。するとごもっともでございますと、親はすんなりと受《う》け容《い》れたんだ」

だったら完太が落ちこむのもむりはないが、であればそれも先に話してくれなければ困る。話が前後したために、こちらは揉《も》まなくてもいい気を揉んでしまったのだ。

「親御さんが断りの理由も聞かずに、相手側の言うことを呑《の》みこんだとなると、本人は堪《たま》らないものなあ」

「完太はお袋さんに、あれじゃ断られて当然です。以後は気を付けるのですよと、強く釘《くぎ》を刺されたそうでね」

「あれじゃ、って」

「信吾は親父《おやじ》さんやお袋さんに、なにも聞いていないのか。完太のお見合いは、宮戸屋《みやとや》でやったはずだけどな」

「いつ」

「たしか三日まえだったけど」

宮戸屋に顔を出していれば聞かされたかもしれないが、ここしばらく信吾は行っていなかった。なにかと理由を作って立ち寄る祖母の咲江《さきえ》も、多忙のせいか四、五日は黒船《くろふね》町《ちょう》の借家に顔を見せていない。

「料理屋ではお客さまについての話はしないいんだ、たとえ親子であってもね。ところで、あれじゃ、のあれってなんだ」

「見合いの席で言ってはならないことを、完太がうっかり口にしてしまったらしい」

鶴吉の言葉を受けて寿三郎が言った。

「一つならともかく三つもとなると、お豊さんの親が怒るのもむりはないし、仲人も執り成すことができなかったんだと思う」

だったら、完太が落ちこんでしまった原因は明確ではないか。それを言わないから、むだな廻《まわ》り道《みち》をしてしまったのである。半ば諦め気味に信吾は言った。

「だからさ、わかるように話してくれないかな。だと思うと言われたって」

「そのつもりで、順を追って話してるつもりだけど」

どこがだよ、と言いたくなる。

二

見合いは和気藹々《わきあいあい》のうちに進んだそうだ。完太が生き物を好きだと話すと豊も大好きで、猫なんか可愛《かわい》くてたまらないとのことであった。それを聞いてすっかり気をよくし、完太はこう言った。

「猫もいいですが、犬の可愛らしさにはかないません」

豊はにこにこと笑顔を絶やさなかったが、母親が硬い表情になったことに完太は気付かなかった。

「あたし、犬も大好きなの」

「それからお猿さん。お正月になると毎年かならず、滑稽な芸をさせてご祝儀をもらう猿曳《さるひき》が、たしか伊勢からだと思うけど、やって来るでしょう。あのお猿さんと、わたしはすぐ仲良しになれるんですよ」

今度は父親から笑顔が消えた。それればかりではなく、完太の両親も顔を強張《こわば》らせた。母親に次いで父親のようすが変わり、自分の親にも及んだのである。いくら鈍くても気付くはずだが、そこがおおらかというか、はっきり言えば完太は鈍感なのである。

生き物の話題はやがて鳥や魚などに及び、完太は満面の笑みを浮かべながら言った。

「蛙《かえる》は気味が悪いと言う人がいますが、蟇蛙《ひきがえる》ならともかく、緑色で目のくりくりした雨蛙の可愛さときたらたまりません」

完太がそう言うと、豊はうれしそうにうなずいたとのことだ。

「そりゃ、いくら若い二人の気持がいっしょになったとしても、壊れるしかない」

「えッ、信吾はなぜだめになったかわかるのかい」

鶴吉がふしぎそうに言ったので、信吾は呆《あき》れてしまった。

「だって一つでも危ういのに、三つ重なれば壊れないほうがおかしい。どんな親でもというか、普通の親なら尻込みするはずだよ」

「三つ重なればって、どういうことだい」

「鶴吉はおかしいとは思わなかったのかい」

「特に」

「だって見合いの席だろ」

「そう。完太とご両親、お豊さんとご両親、それに仲人がそろって食事したんだからな」

「そういう席で禁句が、それも本人の口から出れば、おじゃんになるのは当たりまえじゃないか」

「禁句ってなんだ」

信吾は言葉が続けられずにまじまじと鶴吉を見たが、まさかそんなことさえ知らないとは、思いもしなかった。

「完太は犬が好きと言ったんだろ」

「そうだよ」

「それから猿」

「次が蛙だな」

波乃は全身を震わせながら笑いを堪《こら》えているが、幸いなことに鶴吉と寿三郎の視界からは外れていた。

信吾はゆっくりと言った。

「犬は去《い》ぬ。猿は去る。蛙は帰る。これはね、本人であろうが仲人であろうが、息子の親、娘の親、ともかくだれであろうと、見合いの席で言っちゃいけない禁句、忌み詞《いことば》だよ。婚礼はね、ほかの家から嫁か婿が入るんだ。それなのに、去ぬ、去る、帰るじゃ、不縁になるってことじゃないか。見合いの席では絶対に言ってはならない。万が一、もどるとか断つなんて言ったら、それだけでぶち壊しだよ」

「あッ、あッ、あー」

「遅いんだよ、鶴吉」と、寿三郎が呆れたように言った。「それに気付かずに、今まで話してたとなると、おれにはそっちのほうがよほど信じられん」

「そうか。そうだな。去ぬ、去る、帰るは、いくらなんでもまずいなあ。気が付くのがちょっと遅かったか」

「ちょっとなんてもんじゃない。遅いも遅い、遅すぎるよ」

やってられないなあとの顔になった寿三郎に、信吾は真顔にもどって言った。

「しかし、完太が惚《ほ》れちまったとなると」

「完太だけでなく、相手のお豊さんも」

信吾と寿三郎は、鶴吉を無視して遣り取りを続けた。

「本人にたしかめた訳ではないんだろ」

「完太はそう言っている」

「さっきも言ったけど、勘ちがいというか、あいつの一方的な思いこみじゃないのか」

寿三郎は黙って考えていたが、信吾を見た目は「そうかもしれん」と言っていた。

「お豊さんの親が反対なのは当然として、完太の親は」

「すごく気に入ったようだが、完太が言っちゃいけないことを言ってしまったからね。お豊さんの親が機嫌を損ねた以上、いっしょになるのはむりだと観念したようだ」

「犬、猿、蛙、じゃあな。見合いの席で無神経に禁句を、それも三つも並べた軽率な男に大事な娘を添わせようとは、どんな親だって思う訳がないもの」

「なんとかできないものだろうか」

ようやくというふうに鶴吉が口を挟んだが、信吾は首を振った。

「いくらなんでも、手の施しようがない」

「だからおれたちにできるのは、慰めてやることだけなんだよ」

寿三郎がそう言うと鶴吉が訊いた。

「だけど、どうやって」

「それがわからんから、知恵袋の信吾を巻きこむことにしたんじゃないか。いけねえ。またしても楽屋裏を見られてしまった」

「おれだって見たくはないよ、楽屋裏は」

信吾がそう言うのと同時であった。「ひーッ」との声に驚いて見ると、波乃が両手で口を押さえて懸命に笑いを堪えている。堪え切れずに声を漏らしたのだが、顔が真っ赤になって肩が、いや全身が細かく、しかし激しく震えていた。

「さあ、ことだ。とうとう箍《たが》が外れてしまった。だから最初に紹介したとき、念を押しておいたんだがな。波乃は並外れた笑い上戸《じょうご》だから、あまり笑わさないようにって。止まらなくなるんだよ。壊れてしまったら代わりはいないんだから」

「代わりはいないなんて、信吾さんたら、ひどい」

それだけ言うと波乃はすぐに口を塞いだが、でなければ噴き出していただろう。いや、すでに限度を超えていたのだ。

波乃は立ちあがると、鶴吉と寿三郎に頭をさげた。

「ごめんなさい。失礼いたします。どうかごゆっくり」

逃げるように部屋を出る波乃のうしろ姿を見送ってから、三人は黙りこんでしまった。手習所以前からの幼馴染《おさななじみ》にしては、あまりにもちぐはぐな遣り取りが続いたことに気付いたからだ。

結局、三人で完太を慰め、そして可能なかぎり励まそうということになった。素面《しらふ》でやり辛《づら》いとなれば、どこかで飲みながらとなる。

励ます相手に出させる訳にいかないので、三人で奢《おご》ることになるのは当然だろう。あまり高級な料理屋では完太の気持に負担を掛けることになる、というのは言い訳で、三人の懐が痛まぬよう縄暖簾《なわのれん》で慰めることにした。

「ともかく、立ち直ってもらうために励ますんだ」と、信吾は鶴吉と寿三郎に念を押した。「それを忘れず、まちがってもからかったりしないでくれよ」

「ああ、心得ているさ。なんせおれたちは一生の友達なんだからな。任せてくれよ」

鶴吉と寿三郎が同時に胸を叩《たた》いたので、信吾は却《かえ》って不安を覚えた。

三

「わたしは、自分がまともだなんて思っていない。というより、欠陥だらけだってことはよくわかっている」

完太がそう言ったとき、鶴吉と寿三郎が神妙な顔をして聞いているので信吾は驚いた。それまでの二人なら嵩《かさ》に懸かるように、揶揄《やゆ》の言葉を投げ付けたことだろう。でなければ自分のほうがいかにひどいかを、まるで自慢するように並び立てて、いっしょに冗談を言いあって笑い飛ばしたはずである。

信吾は誘われて完太を励ます気になったのだが、おおよその事情しか知らなかった。だが二人が静かに耳を傾けているということは、それだけ完太の沈みようが尋常でなかったということである。

であれば、なんとか神妙さを保ち続けてもらいたいものだと、信吾は願わずにいられなかった。

その思いとはなんの関係もなく、信吾の胸の裡《うち》にはある記憶が鮮やかに蘇《よみがえ》っていた。本所《ほんじょ》から御厩河岸《おんまやかし》に向かう渡し船に乗っていた完太が遭遇した、思いもしなかった出来事が、である。

御厩の渡しは、本所に屋敷のある旗本や御家人が勤めのために利用するものなので、武士の船賃は無料であった。二文払えば武士以外の者も乗せてもらえるが、武士が乗る馬も二文で乗せていた。

完太がほぼ満席に近い渡し船に乗っていたとき、間の悪いことに一頭の馬が乗せられていたのである。その馬が放尿したのだが、身動きの取れぬ完太はそれをモロに被《かぶ》ってしまった。

大事なときに、とんでもないことを思い出してしまったものだ。懸命に記憶を追い払いながら、信吾が慰めの言葉を掛けようとしたとき、なんと鶴吉が口を切ったのである。

「どんな人間にも欠点はあるものさ。だけど欠点をいちいち気にしていては、生きていけないよ。完太の気持はわかるけど、ここは割り切って、なんとしても乗り越えてもらいたいんだ」

からかうどころか、ちゃんと慰めていることに信吾は感心せずにいられなかった。もっとも割り切れるくらいなら、完太は落ちこむことはなかったはずである。案の定、完太は首を横に振った。

「鶴吉がそう言ってくれるのはありがたいけれど、長所がなくて欠点ばかりなんだ、このわたしは」

「それを言うならおれのほうがよほどひどいさ。おれなんか比べものにならないくらい、完太にはいいところがいっぱいある。口には出さなかったけれど、いいやつだなと思っていたんだよ、ずっと。もちろん今でもね。性格がおだやかで、おおらかで、おれのようにこせこせしていないのがなんとも素晴らしく、羨ましいかぎりだって」

ずんぐりむっくりの鶴吉が背丈のある完太を慰めようとしているところは、信吾にはなんとも新鮮な印象を与えた。「どん亀」が鶴吉の、「物干《ものほ》し竿《ざお》」が完太の渾名《あだな》である。

鶴吉は精一杯背筋を伸ばし、完太は項垂《うなだ》れているが、それでも頭の位置は完太のほうが高かった。

「わたしはお人好しで、愚図で、鈍いだけの男なんだ。自分でもよくわかってるよ。あんなことになったのも、お豊さんとの話が楽しかったからでね。ほんの少し話しただけなのに、自分にはこの人しかいないと感じた。この人といっしょになれたらいいと思うあまり、周りのことが見えなくなってしまったんだ。あとになれば、どうしてあんなことを言ってしまったのか、自分でもふしぎでならない。祝儀に関する忌み詞だって、知らない訳じゃない。だけどあのときは、そこまで気が廻らなかった。そういう男なんだ。此度《こたび》のことで、自分の愚かさと足りなさを厭《いや》というほど思い知らされた。自分の間抜けさが厭になる」

「そんなことないよ。今度のことが堪《こた》えて、物事を悪いほう悪いほうへと考えてしまい、自分はどうしようもない人間だと思いこんでいるだけだよ」

「友達だから慰めてくれるのはありがたいけれど、わたしがいかに馬鹿であるかは、自分が一番よくわかっているから」

堂々巡りになってお手上げだとでも言うように、鶴吉が信吾と寿三郎を見た。これ以上は自分の手に負えないので、なんとかしてくれないか、ということのようだ。

信吾は覚悟を決めたが、よほど慎重に運ばなければ完太の傷を深めてしまうのがわかっている。ただ、並の遣り方では打破できそうにないという気もしていた。

商売上の取引や話しあいには撫《な》で型と張り手型があると、信吾は父正右衛門《しょうえもん》に教わった。商人は手順を踏んでおだやかに撫で型で話を進めるべきだが、それが通じない場合には、意表を衝《つ》く張り手型を用いたほうがいいこともある、と。だが、状況を見極めたうえでよほど慎重にやらなければ、すべてをぶち壊しにしてしまうほど危険でもある。

それが今なのかもしれないと迷いながら、信吾は口を切っていた。

「完太に頼みがあるのだけど」

信吾がそう切り出したのが意外だったらしく、ひと呼吸置いてから完太は言った。

「そんな改まった言い方はしないでくれよ、友達なんだから」

「辛い思いをさせるかもしれないから、頭をさげて頼むのだ」

信吾がなにを考えているかわからないからだろう、完太だけでなく鶴吉と寿三郎も戸惑っているのがわかった。素早く目顔で遣り取りをしたが、ともかく信吾の話を聞くだけでも聞こうという気になったようだ。三人は微《かす》かにうなずいた。

「おれはお見合いの席にいなかったので、ほとんどなにも知らないと言っていい。だからなるべく詳しく話してくれないかな。どんな細かなことでもいいんだ。もしかすれば、解決の糸口を見付けられるかもしれないから」

「解決の糸口もなにも、はっきりと断られたんだから、いまさら手の施しようがないじゃないか」

「たしかにそうかもしれないし、だから完太が諦めるしかなかったのも、わからないではない。ただわたしはこの一年半余り、仕事としていろんな相談を受けてきた。手に負えないこともあったけれど、かなりの人の悩みを解決することができたんだ。もちろん今日のこれは相談屋の仕事ではないよ。わたしはなんとしても、完太の悩みを解決したいと思っている」

それまでの「おれ」がいつの間にか「わたし」になったのは、相談屋としての口調が出てしまったらしい。なんとかしなければとの思いがそれだけ強かったということだろう。

完太は黙りこくってしまった。話すべきかどうか迷っているのかもしれないので、信吾は強引に進めず待つことにした。

しかし完太は黙ったままである。

「悩みごとが解決できるときにはね、おおきく分けて二つの方向というか、流れのようなものがあるんだ」

そう前置きすると、わずかだが反応があった。少しであろうと、興味を示してくれたことはありがたい。信吾は考えていることを静かに話し始めた。

客の話を聞いた信吾がこうしたらどうでしょうと助言し、相手がそれに従った結果、悩みが解消する場合が第一。筋道を追って詳しく話してもらっても、まるで解決の糸口が見付けられないのに、なんでもないちょっとしたことがきっかけになって、一気に解《ほぐ》れる場合が第二。

本人は悩み抜いて信吾の所に相談に来るぐらいだから、順を追って検討し、考え尽くしたと思っている。だからそれが盲点となって、解決できるきっかけがすぐ傍にあるのに、気付かず素通りしてしまうのだ。

本人が見落としたことに信吾が気付く場合がある。それも取り留めのない話をしていて、つまり雑談中にふと閃《ひらめ》いたりするのであった。

「先に話した、手順を踏んだ場合と、あとから言った、ちょっとした発見からの解決。みんなは、どちらが多いと思うだろうか」

自分の体験や考え方を語っていた信吾が急に訊いたので、不意討ちのように感じたのかもしれない。完太、そして鶴吉と寿三郎は戸惑ったように顔を見あわせた。二人に見られて完太が仕方ないというふうに言った。

「やはり筋道立てて、のほうじゃないかな」

鶴吉と寿三郎に目を遣ると、おなじ考えだというふうにうなずいた。

四

「でなくて」と、ちいさく首を振ってから信吾は続けた。「ちょっとした発見から、一気に解決に結び付いたほうなんだ。それも九割以上が後者で、前者は一割にも満たない。なぜなら前者で解決するなら、わたしの所に相談に来る必要がないじゃないか。そういう人はね、こうすれば解決できるのではないかと思いながらどこか自信が持てないんだよ。失敗するのではないかと不安でならないんだ。だから相談屋のわたしにそれでいいのですよ、やってみなさいと言ってもらいたいのだと思う。完太の場合は前者ではなくて後者だ。だからお見合いがどうであったかを、順番などにかまわず思い出すままに話してもらいたいんだよ。話が前後したってかまわないので、どんな些細《ささい》なことでもいいから話してくれないかな」

完太は腕を組んで天井を睨《にら》んだ。

九割以上と一割以下という割合は、信吾が実際に弾《はじ》き出した数字ではない。ただ、相談を解決できた実感として、後者のほうが考えてもいなかったほど多かったのに驚いたのは事実である。

見るとどの盃《さかずき》も、酒がそのままになっていた。話に気を取られて、すっかり忘れていたのだ。

「話に夢中になって飲むのを忘れていたね。一息入れたほうがよさそうだ」

信吾は盃を干すと、銚子《ちょうし》を取って竹輪の友たちに飲むようにうながし、空けられた盃に順に注《つ》いでいった。

「まあ、急には話しにくいだろうから、考えがまとまってからでもかまわない。ただ、一つだけたしかめておきたいことがあってね」

「なんだい、改まって」

完太が黙ったままなので、代弁するように寿三郎が言った。

「お豊さんが好いてくれているのは、たしかなんだろうね」

不躾《ぶしつけ》な問いに、おとなしい完太が表情を硬くするのがわかった。

「わたしはみんなのようにしっかりしちゃいない。はっきり言って愚図だし、鈍い。だけどお豊さんが好いてくれていることはわかる。自惚《うぬぼ》れでなくて、これには自信があるよ」

「そして当たりまえだが、完太もお豊さんが好きでたまらないんだね」

完太はこくりとうなずき、たしかだというように、繰り返しうなずいた。頬が紅潮している。

「見合いの席では仲人や両方の親がいるから、お豊さんとはほとんど話していないはずだ。少ししか言葉は交わしていないけど、完太はそれがわかったのだね」

「わかった」と、珍しく完太は断言した。「信吾はどうだった。やはり、おなじだったんじゃないか」

「ああ、実はそうだった。完太のときとちがっていたのは、仲人がいなかったことだけだ」

波乃と信吾、両家の顔合わせは実質的なお見合いの席で、そのときには完太の場合とちがって仲人がいなかった。だが信吾が最初に波乃に会ったのは、その少しまえであった。

破落戸《ごろつき》を退散させた信吾が瓦版に取りあげられたとき、その話を聞かせてほしいと、春秋堂《しゅんじゅうどう》一家の座敷に呼ばれたことがある。春秋堂は阿部川《あべかわ》町《ちょう》で小売りもやっている楽器の問屋で、信吾の両親が営む宮戸屋の上客であった。波乃は春秋堂の善次郎《ぜんじろう》とヨネの次女である。

信吾はそのとき波乃と挨拶はしたものの、ひと言も交わしていない。

両親が話題を無理やり信吾と波乃を結び付ける方向に持って行こうとするので、波乃が「信吾さんが困ってらっしゃるではないですか」と言ってクスッと笑いを漏らした。「信吾さんのためを思ってのことだが」と言ってから、善次郎は娘を見た。「波乃はやけに信吾さんの肩を持つな」

すると波乃が消え入るような声で言った。

「知らないったら、もう。わからずやなんだから」

おやッと思って見たとき、目があったのである。波乃は顔を真っ赤に染めたが、それを見て信吾も訳がわからず頰が火照《ほて》るのを感じた。信吾が波乃を強く意識したのは、それが最初であった。

そして両家の食事会では二度目ということもあって、信吾と波乃はかなり言葉を交わしていた。その点に関しては、完太と豊の場合とはちがっている。

「本人同士はほとんど話をしていないのに、自分の相手はこの人、つまり波乃さんだけだと、この人しかいないと思った、わかった、感じたんだろ」

　完太はいつになく力んでいる。

「ああ」と、信吾は話をあわせた。「そうだ。わかったんだよ、感じたな」

「わたしもおなじだった」

　フーッとおおきな溜息《ためいき》を吐《つ》いたのは、鶴吉と寿三郎であった。息を詰めていたらしい。あるいはいつその立場になるかわからないので、自分に置き換えて聞いていたのかもしれなかった。

「わたしはお豊さんの目の中に、自分とおなじ思いを汲《く》み取ったんだ。それなのに迂闊《うかつ》にも馬鹿なことを洩《も》らして、ご両親に娘婿から外されてしまったんだよ。ああ、わたしはなんて馬鹿なんだ」

「落ち着けよ。完太らしくないぞ」

「すまん。気が昂《たかぶ》って自分を抑えられないなんて、だからダメなんだな。力を出さなきゃならないときに出さず、出すべきでないときに力んでしまう。ははは、馬鹿は死ぬまで馬鹿なんだな。笑うしかないよ」と言ってから、完太は真顔にもどった。「言いすぎた。謝るよ、信吾。鶴吉と寿三郎にもすまなかった」

「謝ることなんか、ないじゃないか」

「信吾が波乃さんと夫婦になったのを知って、もっとも姉さんの祝言のまえにいっしょになったので、仮祝言だったけどね。三人で押し掛けたことがあっただろう。あのとき信吾と波乃さんが、言葉を交わしていないのに話しあっているのを、わたしは感じたんだ。ちらりと見交わした目と目とか、ちょっとした微笑《ほほえ》みだけで気持が通じているのがわかった。これが夫婦というものかと、しみじみ思ったんだ。言葉がなくても通じあえる親密さ、あれとおなじものをわたしはお豊さんに感じていた」

「であれば、なんとしてもいっしょにならなければ」

「それができないから」

「すまない、完太」

「両方で謝ってりゃ、世話ないよ」

　寿三郎の皮肉には突き刺さるような鋭さはなく、いっしょに笑って場を和やかにしたいとの思いからだとわかった。

　ところがそれを境に、完太に微妙な変化が現れたのである。心の裡にあるものを吐き出したからか、三人がそろって訪ねたことでなにかを感じたのか、そこまでは信吾にもわからない。

　あるいは落ちる所まで落ちて、あとは浮上するだけという状態だったのかもしれなかった。いずれにせよ鶴吉か寿三郎、あるいは信吾のひと言が、そのきっかけを与えたようである。

ともかく完太に笑いがもどったのはうれしかった。幼馴染の笑顔を見て、信吾はなんとかしてやりたい、いやなんとかできないだろうか、との思いをさらに強くした。

それができるとすれば、相談屋と将棋会所を一年半続けて、鶴吉や寿三郎よりはいくらかでも広く世間を見た、自分しかいないのではないだろうか。信吾は自分に問い掛け、

「そう、そうなんだよ」と自分で答えていた。

となると気になるのは豊のことだが、それとなく訊いてみたのである。すると信吾たちと話したことで吹っ切れたのか、完太は厭がることなく話してくれた。

そのときになって初めて、信吾は豊の住まいや家業、家族、その醸し出す雰囲気、表情や仕種《しぐさ》など、細々したことを知ることができた。好意的に見ているという面があるとしても、信吾には豊が完太に似合いの伴侶と映った。

そのとき信吾の胸に、ある人の語った言葉が不意に蘇ったのである。

五

その日の夕刻、将棋客が帰ったので常吉《つねきち》に手伝わせ将棋盤と駒を拭き浄めた信吾は、木刀の素振りや鎖双棍《くさりそうこん》の連続技はやらなかった。夕食も摂《と》らずに会所を出たため、七ツ半（五時）には柳橋茅町《やなぎばしかやちょう》の縄暖簾で、完太たちと落ちあうことができたのである。

紆余曲折《うよきよくせつ》はあったものの、完太はなんとか笑顔を取りもどせた。慰めと励ましが、辛《かろ》うじてではあるとしても功を奏したと言っていいだろう。

だが信吾は、それだけで終わらせたくなかった。なんとか二人に、いっしょになってもらいたいのである。

とはいうものの、豊の両親が断りを入れて完太の両親が受け容れたとなれば、もはや手の施しようはない。それがわかっていることもあって、もどかしくてならず、ついつい飲みすぎてしまったようだ。

「完太、諦めるなよ。だめだと思って投げ出さなきゃ、かならず道は拓《ひら》けるはずだから」

信吾はそう繰り返した。ただ、珍しく酔ったこともあって、後半のことはほとんど憶《おぼ》えていなかった。

茅町の縄暖簾を出て、信吾たちは日光街道を北に進んだ。四人とも帰りはおなじ方向である。蠟燭《ろうそく》代がもったいないので、提灯《ちようちん》は四人で一つであった。

俗に天王橋《てんのうばし》とも呼ばれる鳥越橋《とりごえばし》を渡ると、右手には広大な浅草御蔵《あさくさおくら》がある。蔵前《くらまえ》の中《なか》ノ御門《ごもん》の西側にあるのが森田町《もりたちよう》で、完太の両親が料理と茶漬けの見世をやっていた。完太を送り届けてさらに北に進むと、信吾の住む黒船町であった。

信吾は木戸の手前で提灯を鶴吉に渡した。隣町の諏訪町《すわちよう》から西に折れると、その先に福富町《ふくとみちょう》がある。寿三郎は仏壇と仏具の老舗で知られる「極楽堂《ごくらくどう》」の息子であった。一番遠いのが鶴吉で、実家は雷門まえの茶屋町《ちゃやまち》で茶屋「いかずち」を営んでいる。

珍しく酔いはしたものの、各町の木戸が閉まる四ツ（十時）まえには黒船町の借家にもどることができた。だが縄暖簾を出てからの信吾の記憶は曖昧であった。

翌朝、いつもの蒲団《ふとん》で目覚めたので、となるとそのように帰り着いたのだろうと思うしかなかった。酔ってはいても、ふしぎと道順などはまちがえないものなのだ。

随分と酔ったにもかかわらず、いつもどおり六ツ（六時）より早く目が醒《さ》め、母屋と将棋会所の伝言箱をたしかめた。そして鎖双棍のブン廻しに汗を流し、常吉と湯屋で朝湯を浴びて、もどると波乃とモトが用意した箱膳に向かった。

激しい鍛錬で汗を掻《か》き、それを湯屋で流したのがよかったらしく、起床時にあった吐き気は治まっていた。だが頭痛が残り、そのせいもあってどことなくすっきりしない。

モトの作った番犬「波の上」の餌を持って常吉が会所にもどると、信吾は将棋客が来るまでのあいだ、いつものように表の八畳間で波乃と茶を飲んだ。

「すごく濃くしましたので苦味が強いと思いますが、宿酔《ふつかよい》にはそのほうがいいそうです」

「気が利くね」

言いながら口に含むとたしかに濃くて苦いが、次第に爽やかさが拡《ひろ》がって、口中を支配していた粘り気のある重苦しさが軽減されるのがわかった。しばらく含んでから飲み干すと、口腔《こうくう》がすっきりと感じられた。

「父が悪酔いした次の日の朝、母が作っていたのを思い出したの」

「すっきりして、随分と楽になった」

「濃いので少なくしてあります。残りもお飲みなさいな」

言われて湯吞茶碗《ゆのみぢゃわん》を覗《のぞ》きこむと、先ほど飲んだのはほんのひと口だったが、おなじくらいの量が残っている。言われたとおり口に含んで茶碗を下に置くと、波乃がべつの急須から今度はたっぷりと注いだ。

そのとき気が付いたが、盆には急須が二つ並べられていた。二つ目の急須から注いだ茶は、どうやら薄めであるらしい。波乃の湯吞もそちらのようだ。

手に取って含むと、さきほどの爽やかさとはちがう清涼感が口を満たした。やわらかくて、ほのかな甘みも感じられ、いつの間にか頭痛が消えていたのである。

「すっかり楽になったよ。これを飲ませてもらえるなら、これからはいくら酔っ払っても大丈夫だな。おっと、睨まないでおくれ。冗談だよ」

「わかっていますけれど」と言ってから少し間を置き、波乃は軽く睨んだ。「あたし初めて、鼾《いびき》で目を醒ましました」

「波乃が鼾をかくとは知らなかったなあ」

惚《とぼ》けて誤魔化したが、自分の鼾だとわかっている。心配させたのがうしろめたくてならない。
さすがに、波乃も冗談に応じる気にはなれなかったようだ。照れもあって、信吾は湯
呑を手に取って茶を含んだ。
「竹輪の友のみなさんは、本当に仲がいいんですね」
信吾は黙ってその先を待った。
波乃はじっと庭を見ている。いや、見ているというより、信吾にどのように話せばい
いのか、考えを纏《まと》めているのかもしれなかった。
「あたし、お豊さんに会ってみようと思うのですけど、いけないかしら」
「いけなくはないけど」
どうして豊に会おうと思ったのだろうか、という信吾の疑問を察したかのように波乃
が言った。
「お友達になれそうな気がしたんです。信吾さんが訊いたときの完太さんの答え方、話
し方が、本当にお豊さんのことをお好きなんだとわかりましたから」
やはり昨夜、酔ってもどった信吾は完太と豊のことを、かなり熱っぽく波乃に話した
らしい。
「完太さんはここにも何度かお見えだし、お話をしていて本当にいい人だなって」

「人が良いと言うより、度のすぎたお人好しなんだけどね」

「そんな完太さんが、いっしょになれたらどんなにいいだろうと思ったお方でしょう、お豊さんは。きっと、とても魅力的な方だと思います。だから会って話してみたいんです」

「それだけじゃないって気がするな。もっともこれは、相談屋のあるじとしての直感だけど」

「ぜひともお聞きしたいわ、あるじさんの直感とやらを」

「大手から攻め切れぬときには搦《から》め手《て》から、と言う。わたしはなんとしても、完太とお豊さんにいっしょになってもらいたいと思っているんだ。だけど完太は致命的な過ちを犯してしまった。完太のご両親は、できればお豊さんが息子の嫁になってくれればいいと願っている。ところが相手のご両親から断られたとなると、手の施しようがない。わたしが説得したくとも、お豊さんのご両親に門前払いを喰《く》うのは目に見えている。であれば、将を射んと欲せばまず馬を射よ、となるからね。わたしがお豊さんに、ご両親を説得するようにというのにはどうしてもむりがある。一番可能性の高い方法は」

「さすが相談屋のあるじさん、というより波乃の旦那さまですね。ただ、あたしはお豊さんを説き伏せようなどとは、考えてません。まずはお会いして話したいのです。心が通えば次に進めますから」

「それが一番いいだろうね」

「あまり力まないようにします。階段を一段あがれたら、次の段を目指すくらいのつもりで」と、そこで波乃は瞳を輝かせた。「だけどあたし、天辺《てっぺん》を目指しますから。昨夜《ゆうべ》おもどりになられた信吾さんが、お豊さんの素晴らしさを語る完太さんについて、話してくれましたね。あたしあのとき、突然ある人のある言葉を」

「もしかして、権六《ごんろく》親分では」

「あら、なぜおわかりなの」

「完太が話すのを聞いていて、頭の中いっぱいに拡がったんだ、権六親分の話してくれた伴侶が」

「なんてことでしょう。こんなふしぎなことって、あるんですね」

ときどき話に来る岡っ引の権六が、伴侶という言葉を知っているかと信吾と波乃に訊いたことがあった。

つれあい、いっしょに行く人のことで、普通は婚礼をあげた相手、夫にとっての妻、妻にとっての夫だと信吾は答えた。すると権六は次のように教えてくれた。

伴侶の伴は、一人の半分ずつがいっしょになっているという字。呂《りょ》には背骨の意味があるので、伴侶とは半分ずつの人が一人の人間となって、一つの背骨を持つという意味。ゆえに夫婦は同体ということだ、と。

権六の博識に二人が驚くと、ある学者先生絡みの揉め事のカタを付けてあげた折に、教えられたことの受け売りだ。一介の御用聞きがそんな難しいことを知ってる訳がないだろうと、権六は照れたのだった。

「あたし、完太さんとお豊さんに一つの背骨を持ってもらいたいの」

「よし。となりゃ波乃に任せるとしよう。そのかわり、困ったことや迷ったことがあったら相談しておくれ。わたしのことは知ってるね」

「信吾さん」

「めおと相談屋のあるじ、だよ。よし、こうなりゃ完太が話してくれたお豊さんのことを、洗い浚《ざら》い伝授しようじゃないか」

六

「早速ですけれど、片付けが終わったらお豊さんを訪ねようと思います。モトを連れて行きますが、遅くならないように気を付けますから」

昼のご飯を食べたあとで波乃がそう言ったのは、午前中にあれこれ計画を立て、考えを纏めていたということだろう。

「一度で決めようと思わず、場合によっては何度も根気よく通う、くらいの気持で取り組んだほうがいいよ。心に余裕がないと、相手はそれを感じて距離を置くからね。言わなくても、わかっているとは思うけど」

「はい。なんとしてもお二人を結び付けなくてはなどと考えず、まずはお豊さんと友達になることを目指します。あ、それから糸《いと》さんのお母さまにいただいた組紐《くみひも》を、手土産にしようと思いますが、かまいませんか」

「いい思い付きだね。組紐は捩《ねじ》れにくく、ちゃんと結べば解《ほど》けないから」

信吾は生垣の柴折戸《しおりど》を押して、仕事場の将棋会所へと向かった。

波乃は衣類包みに用いる畳紙《たとうがみ》を拡げた。そして緻密に組みあげられた色鮮やかな組紐を、何本も並べて見較《みくら》べた。

絹や木綿、麻など各種の糸だけでなく、組紐や刀の下緒《さげお》の小売りも扱う糸問屋の娘の相談事を、波乃が解決したことがあった。娘の名が糸。母親にとても感謝され、相談料の名目で多額な謝礼を、それとはべつにお礼として何本もの組紐ももらっていた。

波乃は迷った末に三本を選んだ。

「それにしても見事でございますね」

並べられた組紐を見て、モトがしみじみと言った。

「娘さんの悩みが朝靄《あさもや》のように消えたのですから、特に良い品を選んでくれたのでしょうね」

「駕籠《かご》を頼もうと思うのですが、奥さま」

「モトの分は頼んでいいわよ」

「滅相もない、わたくしなどは」

信吾に聞いた豊の住まいは、薬研堀《やげんぼり》埋立地と両国広小路《りょうごくひろこうじ》に挟まれた米沢町《よねざわちょう》にあった。広くて人通りの多い日光街道を南下し、神田川《かんだがわ》を渡って浅草御門を抜けると広小路である。

真昼間であれば特に問題はないだろう。往復でも四半刻《しはんとき》（約三〇分）ほどと、大した距離ではないので女の足でも不安はなかった。

戸締りをした波乃は、モトを供に家を出るとき伝言箱に貼り紙をした。「すぐにもどりますが、お急ぎの方は隣りの将棋会所、信吾まで連絡願います」というものだが、以前冒頭を「留守にしますので」として信吾に注意されたことがあった。

「それじゃ空き巣狙いに、どうぞお入りくださいと言ってるようなものじゃないか」

そのときは「なるほど」と思ってペロリと舌を出し、「すぐにもどりますが」と直した。

だが、信吾を手伝って相談屋の仕事を始めると、そのような慎重さと気配りは、常に相談屋として基本に置かねばならぬことだと実感したのである。考えるまでもなく相談事は、人の生活に密着したものだからだ。

今回の信吾と竹輪の友の遣り取りにも、波乃は注意深く耳を傾けた。棒手振《ぼてふ》り商人の町の噂《うわさ》なども、聞き流さないようにしている。いつどこでなにが役に立つかわからないと信吾は言ったが、まさに至言であった。

念のため将棋会所の信吾に声を掛けると、客たちが一斉に挨拶してくれた。だれもが軽い驚きを示して、波乃をまじまじと見た。

会所は信吾の仕事場と心得ているので、波乃は顔を出さないようにしていたからだ。信吾の妻が小町姉妹の妹のほうだという噂は聞いていても、顔を見たこともない客もいたのである。

モトはときおり庭から廻って信吾に用を伝えることがあるが、普段は母屋と会所の大黒柱に取り付けた鈴の合図だけで事足りた。

「行ってらっしゃい」「お気を付けて」「お早いお帰りを」などと、客たちに一斉に声を掛けられ、波乃とモトは日光街道に出た。

両国米沢町は一丁目から三丁目まであるが、豊の両親が営む菓子舗「二国屋《にこくや》」は一番広い一丁目にあった。末広おこし、羽衣煎餅《はごろもせんべい》などを商っていることで知られていた。

完太の親は料理と茶漬けの見世を営んでおり、おなじ食べ物商いということもあって、縁談話が持ちあがったのかも知れなかった。

両国広小路には茶屋が多い。

モトを茶屋で待たせ、波乃は一人で「二国屋」に豊を訪ねることにした。両国という地名は、武蔵国《むさしのくに》と下総国《しもうさのくに》を結んで架けられた両国橋に由来しているが、二国屋はそれに因《ちな》んで付けられた名だと思われる。

ところが豊に会いたいと言った波乃は、思いもしないことを言われたのである。

「娘は臥《ふ》せておりますが」

応対したのは豊の母親であった。

病気の具合などを訊《たず》ね、見舞いの言葉を述べて辞すのが礼儀であった。またの折にと引きさがるべきだろうが、波乃は意を決してひと押しした。

「でしたら、お見舞いをさせていただけませんか」

「失礼ですが、どちらさまでしょう」

母親が警戒するのは当然だろう。迷いはしたが、波乃は強気で通すことにした。

「竹輪の友の信吾の家内で波乃と申します」

わずかな可能性に賭けたのだ。

先日、豊と完太はお見合いの席で短い会話を交わしたそうだが、そこで竹輪の友の話が出ていたら、完太絡みで来たとわかるので、母親は豊に会わせようとはしないだろう。

だが話題になったとは考えられず、とすれば豊は一体どういうことだろうと、逆の意味で関心を抱くと思ったのだ。疑問を持てば、ともかく会ってみようと思うのではないかと、その一点に賭けたのであった。

「竹馬の友の、信吾さまの奥さまでございますね」

「竹輪の友です」

ち・く・わ・の友ですと、区切りながらゆっくりと言った。意味がわからなかったからだろう、母親は困惑を深めたようであった。

「少々お待ちいただけますか」

そう断って母親は首を傾《かし》げながら、中暖簾を潜《くぐ》ると土間を奥へ去った。

信吾には豊と友達になることを目指すと言っておきながら、つい意気込んでしまったなと波乃は反省せずにいられなかった。もしかすると通してもらえないかもしれないと、波乃は弱気にならざるを得なかった。

かなり待たされたのは、会わせたくない母親と、知らない人だがなにか特別な事情があるらしいので、ともかく会うだけでも会おうと考えた豊のあいだで、押し問答があったからにちがいない。

気を揉んで待っていると、母親は首を傾げたまま中暖簾から現れた。

「あまり長くは困りますが、娘が会うと申しましたので」

わたしは反対ですからね、との思いが隠された言い方であった。

「申し訳ありません。お豊さんが疲れないように、なるべく早くすませます」

廊下を何度か折れて通されたのは、こざっぱりとした六畳間であった。どうやら豊の居室らしい。母親は同席したいようだが、波乃が丁寧に頭をさげると、仕方ないというふうに出て行った。

豊は起きていて、敷かれた蒲団に正座し、両膝に両手を置いてじっと波乃を見ていた。窶《やつ》れて痛々しくはあったが、やや下膨《しもぶく》れした愛くるしい顔をしている。

「具合がよくないとのことですのに、むりを申してすみません。臥していただいてよろしいのですよ」

「大丈夫です」と言ってから、豊は真剣な目で波乃を見た。「チクワの友の信吾さまの奥さま、とのことですが」

「竹輪の友のことはご存じないでしょうね」

豊は微かにうなずいた。波乃は豊の目を見ながら、ゆっくりと言った。

「主人は完太さんの手習所時代、いえ、それ以前からの馴染みですが、完太さんは掛け替えのない友だと申しております」

言葉を挟むことなく豊は静かに待っているが、波乃の意図に気付いていないはずがなかった。事情が事情だけに、慎重にようすを見ているのだろう。

「主人が友達の中で、とりわけ認めているのが完太さんでしてね」

なにか言い掛けた豊に、波乃は目や顔だけでなく全身で訴えた。

「完太は器《うつわ》がおおきすぎて、あッ、ごめんなさい。主人がそう申しておりましたので。だからほとんどの人には本当の凄《すご》さ、良さがわからない」

豊は波乃を見据えたままで、なにも言わなければ瞬《まばた》きさえしない。

「世間の人は細かな部分にばかり捉われて、本当のことが見えないと主人は申しました。だから完太さんの本当のよさは、わかってもらえないかもしれないって。本当に素晴らしければ、どんな人にもわかるはずだとは言い切れないと思います」

「なぜでしょう」

「竹輪の友は仲が良くて、お互いがよくわかりあえていると思います。それでも完太の、あ、ごめんなさい」

「それで続けていただいてかまいません」

だが、波乃は続けなかった。黙って、ひたすら豊の目を見詰めた。豊は目を逸らさなかった。

これなら話しても大丈夫だ、と波乃は確信した。

七

「お母さまに、お豊さんが臥しておられるとお聞きして、あたしはとてもうれしかった」

波乃は続きを語らずに、故意に話題を変えた。豊の目が真ん丸になり、それからゆっくりと元にもどるのがわかった。

病臥《びょうが》しているのにうれしいなどと言われたら、だれだって耳を疑って当然だろう。波乃は作り笑いをする必要がなかった。なぜなら笑みが自然に湧き出たからである。

「お豊さんにお会いして、あたしは心の底からうれしくなりました」

波乃は自分でも、笑みが溢《あふ》れて零《こぼ》れるのがわかった。

「恋患い」

豊の表情が戸惑いから一瞬で驚きに変わる。

「お豊さんが恋患いなら、完太さんもまた恋患い。ああ、主人の話を聞いてあたしが感じたとおりだった。だから、それがうれしかったのです」

「完太さんが恋患いですって」

「主人が打ち明けてくれたのですが、お豊さんと話していて、忌み詞のことを忘れるくらい完太さんは楽しかったそうです。今まで何回かお見合いをして、いつも退屈でならなかったのに、お豊さんはまるっきりべつで、とても活《い》き活《い》き感じられたとのことでした。ああ、自分がいっしょになるのはこの人しかいないと思ったのに、言ってはならない言葉をポロリと漏らしたでしょ。それも一つならともかく三つも。そのためお豊さんのご両親に断られ、見ていられないほど沈んでしまって、物干し竿に頭と手足を付けたように痩せ細ったそうです。主人や竹輪の友の仲間が慰めて、少しは良くなったけれど、このままではなあと言われたんです。だからあたし、なんとしてもお豊さんにお会いしたかったの。でも、怖かった。不安のほうが遙《はる》かにおおきくて、押し潰されるのではないかと思うほど」

「あたしが怖かったのですか。でも……」

「もう終わった話でしょって、突《つ》っ撥《ぱ》ねられるに決まっていると思っていましたから」

「まさか、そんな。でも、お見合いって、完太さんがあたしといっしょだったとは」

「えッ、どういうことかしら」

豊はこれまでに四回お見合いをさせられたが、すべて断ってしまった。それでも親に無理強いされなかったのは、男が三人続き、三男から七歳も離れた末っ子の一人娘だから、ということがあったのかもしれない。それにしても、両親はよく許してくれたものだ。

「四回のお見合いの相手は、どなたもいい方ばかりでした。その良さが、あたしには物足らなかったのです。みなさんそつがなくて、もちろんあたしを楽しませよう、気を惹《ひ》こうとするのはわかるのですが、そのため父と母に擦り寄って上手に阿《おもね》るの。わからないようにさりげなく媚び諂《へつら》うのが、あたしには見えてしまうのです。するとなぜか、とても薄っぺらに思えて、どうしてそう上辺《うわべ》ばかりを装うのって、哀《かな》しくなってしまいます。四人が四人ともそうでした。ありのままのご自分を見せてほしいと思っても、お見合いの席でとてもそんなことは言えませんし、言われた相手の方だってできませんよね。でもあたし、そんな男の人ならお嫁さんになりたくないし、場合によっては髪を落としてもいいって」

「尼さんになってもいいとさえ、思ったのですか」

「今回もそうなら、本当にって」

「そしたら完太さんだったのね」

豊はうなずいたが、その瞳にはいつの間にか光が宿っていた。

「まるで飾ることなく、あるがままのご自分を見せてくれたのは、完太さんが初めて、いえ、完太さんだけでした。たまたま好きな生き物の話になったのですけど、そしたら目を輝かせながら」

「うれしくて、楽しくて、犬と猿だけでなく蛙の話までしてしまったのね」

「だけど、あたしも気付かなかったんです、家《うち》に帰って母に言われるまで」

「それで寝付いてしまわれたの」

「いいえ。あたし、完太さんのお嫁さんになりますと言ったんです。だけど忌み詞を考えなしに口にするような、非常識な世間知らずといっしょになれば、苦労するのは目に見えている。そんな男に大事な娘を嫁がせることはできん、と頭ごなしに

「初めてこの人だと思ったのに、親に反対されたら寝込むのはむりないわね」

初対面の相手に、いつの間にか友達口調になっているのには気付いたが、でありながら波乃は改められないでいた。いや、改めようという気はなかった。すでに意識としては、友達同然だと感じていたのである。

「実はね、お豊さん。あたしには二歳ちがいの姉がいますが、仲が悪い訳ではないのにしょっちゅう喧嘩《けんか》してるの」

「わあ、羨ましい。あたし、姉さんが欲しくてたまりませんでしたから」

「お豊さんはお兄さんばかりですものね。でも女だけというのも善《よ》し悪《あ》しよ。考え方がちがうと、兄ならそういうものかと赦《ゆる》せても、おなじ女だとそうはいかないの」

「どういうことでしょう」

「認められない、許せないわとなってしまうのかしら」

豊は波乃の言いたいことがわからないからだろう、黙って次の言葉を待っている。波乃は期待に応えなければならないと思うあまり、話の手順を考えぬままに喋り始めていた。

波乃には姉の花江《はなえ》がまともだと言う男たちが、似たり寄ったりで退屈に思えてならな

かった。だれもかれも、自分こそまじめな男の見本でございという顔をしているが、まじめでないと見られるのが怖いだけの臆病者としか映らない。少しくらい変わり者の、おもしろい人はいないのかと言いたくなるほどであった。

「姉がありきたりのまともな人しか認めないいなら、あたしはその逆でなければ満足できないの」

「それが旦那さまの信吾さんなのですね」

「そんなふうに言われると、まるで惚気《のろけ》てるみたいじゃないですか」

「かまいません。惚気てください。惚気るだけ惚気てほしいの」

「お豊さん」

「は、はい」

「それじゃ、あたしが今日ここへ来た意味がありません」

「そうでしたね。波乃さんの話が次第に楽しくなって、つい」

「お豊さんは完太さんに惚れています」

ちょっと待ってくださいと、豊があわてたが波乃は無視した。

「完太さんもお豊さんに惚れています。問題は忌み詞を平気で口にするような男に、断じて大事な娘を嫁にやる訳にはいかんと正論を吐いたご両親です」

言われて豊は、一瞬にして項垂れてしまった。

「お豊さんは、押し掛け女房を知っていますか」

「聞いた覚えはあります。でも、本当にいるのでしょうか。そんな人が」

「あたしがそれです」

「えーッ」

「あたし、押し掛け女房なの」

なんだか、思いも掛けない方向に進み始めてしまった。だけどここまで来てしまうと、今さら引き返すことはできない。えい、ままよ。突き進むしかないではないか。

「今年の三月二十七日に、姉が婿さんをもらいました」

「それはおめでとうございます」

「ありがとう。お婿さんはとてもいい人だけど、姉にとってのいい人で、あたしにとっては」

「ありふれた退屈な臆病者」

波乃は含み笑いした。二人の距離が次第に近くなるのが感じられた。思ったとおり、豊とは気があいそうだ。

「姉が婚礼を挙げれば、退屈なお婿さんとおなじ屋根の下ですごさなければならなくなります。そんなの一日だってご免だから、思い切って押し掛け女房になることにしたの。とは言うものの、両親や姉と縁を切る気はありませんからね。あたしは悪知恵を働かせて、父が認めるしかないように追いこんでいったの。そして二月の二十三日、両家の家族だけで仮祝言に漕《こ》ぎ付けました。お婿さんの信吾さんとご両親、おばあさま、信吾さんの弟さん、あたしと両親、そして姉と仲人さんご夫婦だけでね。三月に姉が挙式したので、あたしたちは五月に披露目を致しました」

「めでたしめでたし、ですね」

　豊はまるで少女がはしゃぎでもするように、パチパチと手を叩いた。

「だからお豊さん、あなたも押し掛け女房になりなさい。完太さんは自分の妻となる人はお豊さんだと思っているし、ご両親もそれを望んでます。となると、大反対しているご自分のご両親を説得できるかどうかです」

「でもあたし、波乃さんほど強くないし」

「できそうにないわね」

「ごめんなさい」

「となると、やはりあの手で行くしかないかな」

「あの手って」

「その手」

　波乃はそう言って、自分が訪れるまで豊が病臥していた蒲団を指差した。

　いつの間にか波乃が主導権を握っていたが、なんとしてもこのまま突っ走らせて、完太と豊に祝言を挙げさせたかった。ただ、それを豊の手で摑《つか》ませなければ意味がない。それができるかできないかの瀬戸際だと思うと、自然に力が入る。だが、なんとしても空廻りさせてはならないのである。

「あの手、その手って、波乃さん、一体どんな手なんですか」

「奥の手」

「奥の手……」

「そう、奥の手。奥の手は恋患いしかないでしょ」

「恋患いですって」

「ある人に恋い焦がれながら親の猛反対で夢を奪われ、食べ物も咽喉《のど》を通らなくなった乙女《おとめ》が、日々痩せ衰えていくのだから恋患いは怖いですね。お豊さん、ご飯を食べられなくても我慢できますか」

「一日だけでしょうか」

波乃は思わず額に手を当てた。こりゃ、だめだ。

八

「どうなさったの」

「なんだか、全身から力が抜けてしまって。ご飯も咽喉を通らない乙女ということなのだから、何日もご飯を食べる訳にいかないくらいわかりませんか。一日食べなければ親は心配し、二日で狼狽《うろた》え、三日でどんな親だって、それ以上意地を張れません。なぜなら男兄弟の中のたった一人の娘で、一番下の兄とは七歳も齢《とし》が離れているの。ご両親にとっては目の中に入れても痛くない愛娘《まなむすめ》よ。だったら一日か二日で、城を落とせます。両親という堅い堅い城をね。その先には完太さんとの婚礼が待っているのよ。わかるでしょう。なのにその一日二日が我慢できないの」

「ごめんなさい」

「謝られてもね」

「冗談が通じると思って、つい」

思わず顔を見るとケロリとしている。波乃のほうが豊より熱くなっていたのだ。完全に一本取られてしまった。

しかし、いくらかでも優位に進めているのだから、逆転されてはならない。意表を衝くしかないと波乃は思った。

「ギャフン、してやられた」

ねらいどおり豊は目を丸くした。

「なんですか、それは。まさか冗談じゃないでしょうね」

「竹輪の友の完太さんたちが使ってる決まり文句で、相手が自分より一枚も二枚も上手《うわて》だと思ったときに使うの」

「ご安心ください。食べなくても平気です。完太さんといっしょになれるなら、十日でも半月でも」

「それじゃ、体がもちませんよ」

「でも、今のは冗談ではなくて」

「そうと決まったら。お豊さん、これを」

波乃は懐から紙包みを取り出して、豊のまえに畳の上を滑らせた。

首を傾げる豊に、開けてご覧なさいと目顔でうながす。緊張しながら包みを開いた豊の顔が、陽《ひ》の光を浴びたように輝いた。

「組紐ですね。なんてきれいなんでしょう」

「これは捩れにくいし、きっちり結べば解けないから、大切な人とのあいだがうまくいって、決して離れないことを意味します。豊さんの一生のお守りになってくれるはずよ」

「うれしい」と、豊は両手を胸のまえで握り締めた。「ありがとう、波乃さん。これがあれば絶対に大丈夫です」

「だったら、どんなことになっても諦めて投げ出したりしないでね。そうすれば道はかならず拓けます。実はね、お豊さん」

口調が微妙に変わったのだろうか、豊が緊張するのがわかった。

「とても恥ずかしいですが、お豊さんだから思い切って打ち明けます。あたしはお見合いの席で、完太さんの去ぬ、去る、帰るよりひどいことを口走ってしまったの」

「どんなことをですか。一体なにを」

「あたしは信吾さんにこう言ったの、あたしを嫁にもらってくださいって」

「まあ」

「娘の口から、それもお見合いの席で言うことではないでしょう。姉がはしたないことをと憤慨して、両家の家族があれこれ言って泥沼みたいになりました。それなのにあたしは言ってしまったの。こんな言いたい放題の自分勝手な娘なんて、信吾さんのほかにもらってくれる訳がありません。まともでない男には、まともでない女しかあわないのですよ、って。信じられないでしょう」

「いいえ、と言うべきでしょうけど、正直言って信じられません」

「当たりまえよね。本人ですら、自分で言っておきながら、未《いま》だに信じられないもの。でも、どうしてあんなこと、言ったのだろう」

「わざとかなって思いましたけど、真剣すぎて、つい本音が出たのかしら」

「自分のことをまともでない女と言ったのはべつに問題ないけれど、婿さん側のご家族全員のいるまえで、夫になるかもしれない人をまともでない男と言ったのですから」

「でも、いっしょになられたんですよね。すると、なにか特別な手を使ったのでしょう」

「ええ、でもあたしじゃなかった。信吾さんのおばあさまが救ってくださったの」

「でも、救いようがないじゃありませんか。おばあさまは一体どのような」

「天と地をひっくり返してしまわれた」

あのとき、派手に手を叩く音がしたので、驚いて全員がそちらを見ると、信吾の祖母の咲江であった。

「これほど似合いの夫婦が、あ、まだ夫婦ではありませんが、鉦《かね》や太鼓を叩いて探したって、まず見付かりっこありませんよ。これを世間では破鍋《われなべ》に綴蓋《とじぶた》と言うのです。喩《たと》えが悪くて波乃さんには悪いけどね」と波乃にちいさく頭をさげてから、咲江は一座を見渡してきっぱりと言ったのである。「おわかりでしょ。破鍋に綴蓋は二つがそろって一つなの。破鍋だけでも、綴蓋だけでも生きていけません」

鶴のひと声で、なんとその場は納まったのであった。

「おばあさまのひと声がなかったら、あたしは信吾さんといっしょになれなかったかもしれないのです。だけどわたしの場合とちがってお豊さんは楽ですよ。あなたがちゃんとやりさえすれば、うまく運ぶはずですから」

「頑張ります。だって波乃さんが、そこまで考えてくださったのだもの、あたしがちゃんとやらなければ、波乃さんの苦労が台無しですものね」

「などと考えると肩に力が入りますから、もっと気楽に、ごく当たりまえに」

「あたしは恋患いで寝込みます。ご飯も咽喉を通りません。母が心配してあれこれと訊くでしょうけど、首を振って、ただただ泣くばかり」

「あたしが帰ったあとで、豊さんの具合は一段と悪くなります。お母さまはチクワの友の信吾の女房で波乃とか言った女が、可愛い娘になにか吹きこんだにちがいないと、なんとしても訊き出そうとします。だけど、お豊さんは、話したくない、言いたくない、お願い訊かないでとただ首を振り続けます。そうね、半日くらいそれを続けると、お母さまはなにかちがった手を打ってきます。調子というか雰囲気が変わったと感じたら、お豊さんはどうしますか」

「えッ、どうするかって」

「お母さま、そのときには心配になったお父さまも、きっとごいっしょでしょうね。お二人でなんとか訊き出そうとするはずです。もしかすると、お医者さんを呼ぶかもしれません。お医者さんは病気の原因とか、お豊さんに悩みごとはないかとか、あれこれ訊ねるでしょうが、首を振って、溜息を吐いて、さめざめと泣いていればいいでしょう。お医者さんは体には特に悪いところがないので、心配事が心を塞いでいるとしか思えません、などと言うと思うの。医者が帰ると、お母さまはそれまで以上にあれこれ訊き出そうとするはずです。そこでお豊さんは、どうしますか」

「波乃さんのおっしゃったことを、ぽつりぽつりと小出しに話します」

「どういうことを、どういうふうに」

「旦那さまの信吾さんが、波乃さんに話したことです。完太さんがそこら辺にいるような並の男でなく、なかなかの大物であること。ただあの日は、あたしとの話が楽しくて、うっかり忌み詞を漏らしてしまったこと。そのため縁談を断られたので、食事も咽喉を通らなくて痩せ細ってしまったこと。ですから父さん母さん、もう一度考え直していただけませんか。あたしはもう胸が張り裂けそうで、と訴えます」

「お豊さん、あなたならきっと、いい病人になれますよ」

　豊はキョトンとなり、それから困惑したふうに唇を嚙《か》みしめた。

「それって、喜んでいいのでしょうか」

「おそらくそれでなんとかなるでしょう。ただあまり構えないで、お母さま、あるいはご両親の出方に応じて、臨機応変にやってくださいね。基本は首を振って、溜息を吐いて、さめざめと泣いて、ですからね。はい、言ってごらんなさい」

「首を振って、溜息を吐いて、さめざめと泣いて、ですね」

「よろしい、それでなんとかなるはずです。では、随分と長くなってお母さまが気を揉んでおられるでしょうから、あたしはこれで引き揚げます」

波乃が部屋を出ようとすると、豊があとに続こうとする。

「どうしました」

「お見送りを」

「とんでもない、あなたは恋患いのご本人ですよ。あたしから完太さんのことを聞かされて、完太さんも自分とおなじ思いなのに親は赦《ゆる》してくれない、ああ、あたしはなんて不幸せな娘なのかしらって、さめざめと泣いていなければならないの。それがうれしそうな顔であたしを見送りなんぞしたら、お母さまはどう思われますか。娘がこれほど元気になったのは、チクワの友の信吾の女房とやらが、とんでもないことを言ったからにちがいないと、根掘り葉掘り訊かれますよ。なんと答えますか」

「と、言われても」

「あたしにこんなことを言われましたって、打ち明ける訳にいかないでしょう」

「もちろん、そんなことはできません」

「お豊さんは恋患いで食べ物も咽喉を通らないの。娘がそこまで思っているなら、完太とやらに会って話してみるか、とお父さまは折れます。完太さんだってお豊さんといっしょになりたい一心ですから、その思いはかならずお父さまに通じます」

「ですよね」

「そこまで話を持って行くには、お豊さんが病人らしくおとなしく寝ていなければならないのは、おわかりでしょう」

言われて豊は渋々と蒲団に横になった。

「そして、ご自分が置かれた立場をよくわきまえて、あたしの言ったことを、頭に叩きこんでください。次にあたしたちが会うのは、お豊さんと完太さんの祝儀を親が許したあとですからね。あたしたちが二度と会えぬような残念なことにならないように、わかりましたね。次は笑顔で会いましょう。では、あたしは帰ります。ごきげんよう」

「ありがとうございました、波乃さん。どうかお気を付けてお帰りください。信吾さんによろしくお伝えくださいね」

波乃はおおきくうなずいて部屋を出た。

廊下を何度か曲がってから、中暖簾の手前の土間で草履を履いていると、気付いた母親が早足にやって来た。

「長々と失礼いたしました。お豊さん、早く良くなられるとよろしいですね。では、失礼いたします」

母親に引き留める間を与えずに、波乃は暖簾を潜って二国屋を出た。

九

借りている母屋も将棋会所も、隠居や隠居夫婦、子持ちの若夫婦、あるいは妾宅《しょうたく》用などとして建てられたものなので、間取りは田の字を成した手狭なものであった。

表座敷が八畳と六畳、奥が六畳の座敷とおなじく六畳の板間で、母屋の厠《かわや》は渡り廊下で繋《つな》がっているが、将棋会所は外後架《そとごうか》となっている。そして下男か下女のための三畳間と、台所に土間という造りだ。

田の字の中央に大黒柱が据わり、そこに母屋と会所の連絡用の鈴を取り付けてあった。

食事の用意ができると一度、来客は二度、その他は三度鳴らし、念のためそれを二度繰り返すことにしている。緊急あるいは危険が迫った折には、鳴らし続けることになっていた。

波乃がモトを供に豊を訪ねてからというもの、将棋会所に詰めた信吾は二度の鈴、つまり来客ありのたびに緊張せざるを得なかった。両国米沢町の二国屋からもどった波乃が、こう言ったからである。

「今はなにも訊かずに、しばらくのあいだ待っていただいていいかしら」

考えていることがあるようなので、「もちろん」と答えるしかない。

「種は蒔《ま》いたのだけれど、果たして実を稔《みの》らせてくれるでしょうか。いえそのまえに花は咲くかしら。そのためには双葉が出て、幹や枝が伸びなければならないのだけど。十日や半月、いえ、ひと月以上掛かるかもしれませんね」

と心許《こころもと》ないことを言ったのである。

なにをどのように話したかはわからないが、両親、特に父親が結婚を認めざるを得なくする策を、波乃が豊に授けたはずだ。微妙な問題が絡んでいるため手順を踏む必要があり、日数が掛かるということにちがいない。

以後、信吾は約束を守ってなにも訊かないようにしているが、波乃の表情や動作には注意していた。

自信たっぷりに見えることもあれば、物思いに耽《ふけ》っているときもある。もちろん豊のことだけではないだろうが、かなりの意気込みを示していただけに、二国屋を訪れたこととなんらかの関わりがあるのだろうと思ってしまう。

もっとも信吾にしても、仕事は将棋に関してだけではない。比較的簡単なことから、かなり難しくて手間暇の掛かるものまで含め、相談の仕事も入る。完太と豊のことばかりを気にしてはいられなかった。

信吾はこの一年半あまりのあいだに、相談を受けて解決し、感謝されたことがかなりの数に上る。その人たちのほとんどと、以後も付きあいが続いていた。

相談を通じてできた知りあいが、顔を見せることもけっこうある。旅に出ていたからと、土産を持って来てくれることもあった。かと思うとおもしろい、あるいは驚くような情報をもたらしてくれる人もいた。

後者は特にありがたい。それらの知識や情報は、どこかで相談屋の仕事に役立つ財産となるはずだ。

お蔭《かげ》で大黒柱の鈴が鳴る回数は増えているのだが、それがわかっていながら二度の鈴が鳴ると、毎回のように今度こそ豊あるいは完太絡みではないかと思ってしまう。

そして七日経《た》ち、十日、半月がすぎると、さすがにそれまでほど身がまえることもなくなってきた。不首尾であったかもしれないとの思いが、心を過《よぎ》ることもあった。

ところが十八日目の朝四ツ（十時）ごろの鈴だけは、なぜか音がちがって聞こえたのである。気のせいか、まるで浮き立つように弾んでいた。「これだな」と信吾は妙に確信めいたものがあった。

甚兵衛《じんべえ》と常吉に目顔で断って、会所の庭から母屋の庭へ柴折戸を押したとき、「ああ、やっぱり」と顔が綻《ほころ》んだ。

まず目に飛びこんだのは、背丈があるのに背筋を伸ばしているので、さらにおおきく見える完太であった。渾名どおりの「物干し竿」である。

その横に小柄な女性が寄り添っていた。信吾は初めて見るが豊にちがいない。

柴折戸の微かに軋《きし》む音に気付いて、こちらを見た男女と目があった。あうと同時に笑顔が弾ける。完太とは長い付きあいになるが、これほどうれしそうな笑顔を信吾は見たことがない。

波乃の蒔いた種が芽吹き、育って花を咲かせ、ついにたわわな果実を稔らせたのだ。

柴折戸を押して足早に母屋の庭に入り、信吾は沓脱石《くつぬぎいし》からあがると波乃の横、完太と豊に向きあって坐った。坐るまで信吾も完太もひと言も喋らなかった。ただ、互いを見ながら、何度もうなずきあっていた。

「よかったね。本当によかった」

坐ると同時に信吾が言うと、完太は短く答えた。

「ありがとう」

それだけで十分であった。

「お豊さん、おめでとう」

「ありがとうございます、波乃さん。お蔭さまで、あたしは江戸で一番の、いい病人になれました」

「早速、使ってくださったのね。すっきりしてお豊さんにぴったり。とてもよく似合ってますよ」

言いながら、波乃の視線は豊の帯に注がれている。濃淡二種の茶と明るめの灰色の縞《しま》で織り成した帯に、先だって波乃が贈ったうちの、明るい薄緑を中心に編まれた組紐が帯締めとして使われていた。古木の幹と、小枝に緑も鮮やかな新芽が生え出たような組みあわせの清々《すがずが》しさが、豊にとても似合っている。

「笑顔のお二人を波乃が笑顔で迎えているので、おおよそのことは見当が付きますが、実はわたし一人が蚊帳の外でしてね」

信吾がそう言うと完太は怪訝《けげん》な顔になった。

「そんなことはないだろう。竹輪の友の仲間が励ましてくれたとき、波乃さんに事情は話したんだろ」

「ああ、お豊さんと話しているうちにうれしくなった完太が、お見合いの席だってことを忘れて、とんでもないことを言ったってことはね。お蔭でお豊さんの親父さんに、そんな男に大事な娘はやる訳にいかんと断られたところまでは知ってる」

「そこまでわかってりゃ、こうやって」と、完太は豊を見た。「二人で礼を言いに来たんだから、聡明な信吾ならすべてを汲み取って、なにもかもおわかりのはずだが」

「だからそこまでなんだ。波乃に話したら、お豊さんを訪ねますと言って出たが、もどるなり封じられてしまったからね」

「なにを」

「なにもかも。こう言われた。種は蒔いたけれど、どうなるかわからない。今はなにも訊かず、待っていただいていいかしらって。だから、哀れ亭主一人が蚊帳の外。だれも暗い顔をしていないので、うまく運んだのだとわかったけれどね」

「これはまた異なことを言うじゃないか。一心同体の似た者夫婦と言われている信吾と波乃さんだ。波乃さんがひと言も言わなくても、それくらいは以心伝心で」

「無茶を言わないでくれ。相談屋のあるじ、将棋会所の席亭にそこまで求めるのは、いくらなんでも酷だろう」

「よろしいですか」と、波乃が控え目に言葉を挟んだ。「蚊帳の外ということでは、あたしも信吾さんとほとんど変わらないのですよ。完太さんがお豊さんのご両親に縁談を断られ、後悔し、お豊さん恋しいが高じて寝こんでしまったこと。食事も咽喉を通らず、のっぽの人が痩せ細って見るも無惨と、お豊さんに伝えました。ですがそのあとお豊さんがいかにご両親を説き伏せ、完太さんとの縁組に至ることになったかは、まるで知らないのです。まずはお豊さんが、いかにお父さまを誑《たぶら》かしたかを聞かせていただきたいわ」

波乃が豊を見ると、信吾が、そして完太もおなじように見た。

「誑かすだなんて、まるであたしはお芝居に出て来る悪人みたいじゃないですか。それを言うなら、あたしこそ波乃さんに嵌《は》められたんです」

豊がそう言うと、完太と信吾は繰り返し豊と波乃を見較べた。そして顔に困惑の色を浮かべた。どちらを信じるか、どちらを選ぶかと問われれば、完太は豊、信吾は波乃と答えるしかないのである。

だが豊も波乃もそのことには触れなかった。豊が波乃に嵌められたと衝撃的なことを言ったので、信吾も完太もそっちに気を取られていたからだ。

十

波乃が切り返した。

「おだやかじゃありませんね。無垢《むく》な乙女を嵌めたとなると、あたしのほうこそ極悪人」

そこまで言って波乃は噴き出してしまった。われながら言い方が滑稽だったし、それよりも豊との遣り取りがおかしかったからだ。「おぬし、やるのう」と言いたかったが、その「おぬし」が続けた。

「あたしは波乃さんのおっしゃることがもっともだと思ったので、それを忠実に演じました。恋患いで寝込み、ご飯も咽喉を通らず、なにを訊かれても首を振って、ただざめざめと泣くばかり、との哀しみに暮れる若い女をです。驚かされたのは両親の、日を追っての変わりようが、波乃さんのおっしゃったとおりだったことです」

訊いたのは完太だが、信吾もおなじ目をして豊を見ている。

「一日食べなければ親は心配し、二日で狼狽え、三日目になると、どんな親でも折れるって。そのとおりになりました」

豊の両親というか父親だが、そこまで娘が言うなら、ともかくもう一度会うだけでも

完太に会ってみようと折れた。ただし、人を交えず二人だけで話すという条件付きで、

である。

仲人に話すと大喜びしたが当然だろう。一度は立ち消えになっていた婚儀が成立すれ

ば、持参金の一割かそれに相当する謝礼が得られるからである。いやそれよりも、仲人

の実績に傷が付かずにむしろ箔《はく》が付く。そちらのほうがよほどおおきいはずだ。

「父は完太さんと一刻（約二時間）ほど話したそうです。そしてもどるなり、あたしと

母を呼び付けて、こう言いました。あの男ならまちがいない。豊は完太さんの嫁になり

なさいって」

「それで、豊さんはなんとおっしゃったの」

「一方的に押し付けないでくださいって言いたかったのだけれど、そこでお臍《へそ》を曲げら

れても困るので、しおらしく、はい、わかりました、お父さま」

臍を曲げるを「お臍」をと言ったのが、いかにも豊らしくて微笑ましい。

「となると完太に訊くが、どんな話をしたんだ」

「どんなと言われても、一刻のあいだ次から次へと問い続けられたからなあ。実に多彩であった、ではだめか」

「お見合いの席で忌み詞を口走ったような男に、大事な娘を託そうというのだからな。完太の人物を見抜くために、親父さんは考え抜いた質問をそろえて臨んだはずなんだ。となると知りたいと思って当然だろう」

「それはわかるが、ともかく三十三間堂の通し矢のように、まさに矢継ぎ早に問いを浴びせられたんだ。わたしはただひたすらそれに答え続けた」

「中でも印象に残っているのは」

「と言われてもなあ。二十四孝の孟宗《もうそう》についてどう思うかとか、信長と秀吉の一番のちがいはなにだと思うか、とか、なにが飛び出すかわからず、きりきり舞いさせられたよ」

「よろしいかしら」と、波乃がやんわり割って入った。「そのお話は今度、お二人でお酒でも飲みながらしてくださいい。それよりも豊さんがお父さんに完太さんといっしょになるように言われて、今日そろってこちらにお見えになるまでのことを、教えていただきたいわ」

言われて信吾は頭を掻いた。冷静に全体を俯瞰《ふかん》できなければ、相談屋失格である。もっとも今回は、相談屋の仕事ではないが。

三人に見られて豊は簡潔に以後の経緯《いきさつ》を話した。話し振りからすると、なかなか頭はいいようだ。波乃は二国屋を訪れたときからそれを感じていたが、信吾は初めてそれに気付いたのであった。

となると完太の両親に話を通さなければならないので、直ちに仲人にご足労願った。一度断られた話なので今さら言われてもと、それこそ「お臍」を曲げられても文句は言えないのである。

「両親に呼ばれたわたしは思い掛けない話に驚いたけれど、というのは仲人の手前もあってでね、豊さんの親父さんに呼ばれてあれこれ話したあとだったので、あるいはとの期待はあったんだ。であれば願ったりかなったりだけど、仲人には殊勝に、断られたのは忌み詞を漏らすような男だから親御さんとしては当然ですので、なんの蟠《わだかま》りもありませんと伝えた。ありがたいお話で、夫婦となりましたら一生大切にいたしますって」

「お豊さん」

「はい。なんでしょう、波乃さん」

「今の完太さんの言葉、あたしたちはしっかり聞きましたからね。大切にされなかったら言ってください。あたしたちが証人になって完太さんをとっちめますから」

「ありがとうございます。でも、大丈夫。大事にしてくれると思います。あたしも負けずに大切にしますから」

豊がそう言ったので、信吾が呆れ顔になって苦笑した。

「おいおい。ちょっと早いんじゃないか」

「あら、こんなことに早いも遅いもありませんよね、お豊さん、そして完太さん。あ、いけない。まだ話の途中でしたね、お豊さん」

「それで改めてということで、宮戸屋さんでお食事したんですけど、あたしはなにもかも波乃さんの筋書きどおりに運んでいるとわかって驚きました。ただ」

「あら、なんでしょう」

「父が断ったものだから、完太さんが見る影もなく打《う》ち萎《しお》れて、げっそりしてると波乃さんはおっしゃいましたね。ところがですよ、食事会のときの完太さんは、最初にお会いしたときと少しも変わりありませんでした。波乃さんが、物干し竿に頭と手足を付けたように痩せ細ったとおっしゃったのに」

「豊さん。そんなふうに責めちゃ、波乃さんが気の毒じゃないか」と、完太があわて気味に言った。「わたしは食事も満足に食べられなくて、本当にげっそりしてたんだよ。ところが仲人さんの話でいっしょになれることになった。すると俄然《がぜん》食欲が出て、ご飯を何杯もお替りするほど食が進んで、あッと言う間に元にもどったんだから」

「ということにしておきましょう」

「それにしても、波乃さんには驚かされてばかり」

「あら、続きがありましたか」

「両親がどうしても許してくれなかったら、押し掛け女房になりなさいと言われたんですよ」

信吾にそう言ったということは、当然だが完太には話し済みということだろう。

「あたしができませんと言うと、だったら恋患いで行くしかない。何日かご飯を抜いたら親が焦るからって。ね、波乃さんの頭の中には、こうやってみてだめならこう、それでもうまく行かなければ、次はこの手って、すっかり組み立てができてたんですよ。あたしが恋患いで行きますと言ったら」と、豊は帯締めを指で示した。「組紐を三本くださいました。そしてこうおっしゃった。これは捩れにくいし、きっちり結べば解けないから、大切な人とのあいだがうまくいって、決して離れないことを意味します。ね、こんな殺し文句を言われたら、どんな娘だって頑張ろうって思わない訳がありません。だからあたしは、波乃さんのねらいどおり嵌まってしまったんです。組紐を用意していたということは、あたしが従うということがおわかりだったからだと思います」

「しかし、大したものだ」と、声をあげたのは信吾である。「その運び方はまさに相談屋。波乃はすっかり仕事がわかってきたのだなあ。感心したよ。そこまで成長していたとは驚くしかない」

「あの、あたし、言いたいことを言ってしまって誤解なさったかもしれませんが、そうじゃありません。むしろ正反対。波乃さんがあたしたちのためを思って、軽い嘘《うそ》を吐いてくれたのだから、怒っても恨んでもいません。それだけ真剣に考えてくれたのだとわかって、とてもうれしかったんです」

「もちろん、波乃にはわかってますよ。だけど、わたしには残念でならぬことがある」

信吾がそう言うと、「あら、なんでしょう」「なにがだい」と豊と完太が同時に訊いた。

「恋患いの経験がないことだ」

豊と完太は顔を見あわせ、波乃は呆れ顔になった。

「それほど幸せなことはないということが、おわかりでないようですね」

目顔で遣りあっていたが、完太が任せると目配せしたので豊はうなずいてそう言った。

「あたしは父を説得するにはそれしかないと波乃さんに言われ、恋患いを演じましたけれど、父が折れて話を聞いてくれるかどうかわかりませんでした。ですので、演じながらも恋患いそのものでした。あれほどまでに切なく、千々《ちぢ》の想《おも》いに引き裂かれるものだとは、思いもしなかったのです」

「いや、豊さんの恋患いのお蔭で、二人がこれほどの幸せを摑めたのなら、自分もちょっと恋患いを、と思ってしまうじゃないですか」

「そんな、ちょっとなんて軽い気持で」

「失礼、取り消します」

「でも、一度、恋患いをなさるといいのだわ」

冗談ともまじめともつかぬ顔で波乃が言った。

「そうは言っても相手がいなきゃ」

「だったらお諦めなさい。夢みたいなことを言っては、その苦しみに悶《もだ》え苦しんだ方に失礼ではありませんか」

「形なしじゃないか、信吾」

完太が愉快でならぬというふうに言ったが、信吾はさり気なく話題を切り換えた。

「寿三郎が焦るかもしれんな、完太が嫁さんもらうことを知ったら」

「ああ、信吾が波乃さんといっしょになったのを見て、今にも涎《よだれ》を垂らしそうな顔をしていたもの」

「となると、鶴吉も黙っていられなくなる。なにかとあわただしくなりそうだ」

そんな信吾と完太を、「なんて子供っぽいんでしょう」とでも言いたげな顔で、波乃と豊が笑いながら見ている。

梟《ふくろう》の来る庭

一

「ホッホホー、……ゴロスケ・ホッホ」

　夕食後のひとときであった。

　音もなく飛来した福太郎《ふくたろう》が庭の梅の横枝に止まるなり、ホッホホーとひと声長く啼《な》き、少し間を置いてゴロスケ・ホッホと続けた。

「ああ、驚いた」

　波乃は啼き声のした方を向いて、思わずというふうに体を仰《の》け反《ぞ》らせた。真ん丸な目が、瞬《まばた》きもせずに見ていたからだ。

　福太郎はときどき庭木にやって来る梟《ふくろう》の名だが、そのうちにと思いながら、信吾は波乃には教えていなかったのである。

　梅の古木には何本もの横枝が出ていることもあって、福太郎が止まるには好都合なのだろう。春には鶯《うぐいす》が明るく澄んだ声を聞かせ、四十雀《しじゅうから》や目白《めじろ》は目まぐるしく枝から枝に移りながら、にぎやかにさえずり、あっという間に姿を消してしまう。

表座敷から梅の木までは、三間（約五・四メートル）ほどしか離れていない。梟の啼き声は低いがよく透《とお》るので、間近なこともあって驚くほどおおきく聞こえた。ホッホホーと聞こえることもあれば、ブフォーと濁っても聞こえる。空気の湿り具合によるのかもしれなかった。

ともかく声がおおきかったので、大抵のことには動じない波乃が「驚いた」と言わずにいられなかったのである。だが波乃以上に驚いたのが信吾であった。なぜなら福太郎は波乃がいないのを見澄まして飛んで来て、信吾に話し掛けるのが常だったからだ。波乃のいるときに来て、うっかりだったとしても啼き声を漏らしたとなると、いつになく興奮しているということだろう。

「こんな狭い庭に梟がやって来るなんて、思いもしなかった。だって普段は森の奥とか山に棲《す》んでいるのでしょう」と、波乃はふしぎでならないらしい。「それにしても、どこから来たのでしょうね。浅草寺《せんそうじ》さん、それとも上野のお山かしら」

「雑司ヶ谷《ぞうしがや》の鬼子母神《きしもじん》かもしれないな」

「随分と遠いですよ。それに鬼子母神さんなら木菟《みみずく》でしょう」

「あれは安産や子供の魔除《まよ》けのために売っている、薄《すすき》細工《ざいく》の木菟だろ」

「もしかすると護国寺《ごこくじ》かもしれませんね。鬼子母神さんよりずっと広いし、木が鬱蒼《うっそう》と繁《しげ》っていますから」

「しかし、波乃がそれほど驚くとは思いもしなかった」

「だって、暗い所でじっとしていて、急に啼いたんですもの。しかも、びっくりするほど低い声で」

「飛んで来て、枝に止まると同時に啼いたんだけどな」

「えッ、見てたのですか。夜の庭はとても暗いのに見えるなんて、信吾さんってまるで梟みたい」

「ホッホ・ホッホ」

「なんですか、それ」

「梟の言葉で、そんなことないよって意味」

「本当かしら。だけど信吾さんは、こんな暗がりなのに梟が飛んで来たのが見えたんでしょう」

「目が光ったから気付いたのさ。梟の目は見る角度にもよるけど、わずかな光でも光って見えることがあるんだ」

「でも、月は出てませんよ」

「星は出ている。あるいは、行灯《あんどん》の灯を受けて光ったのかもしれないね」

ほんとかしらと言う代わりに、波乃は首を傾《かし》げた。

「お茶を淹《い》れますね、よそに行かないように言っといてください、梟さんに」

「お茶よりおチャケにしておくれ。お袋にもらったのがあっただろう。極上の下りものだから、燗《かん》しなくてもおいしく飲める。せっかく梟が来てくれたんだから」

「梟さんをダシにするなんて狡《ずる》いですよ」

笑いながら波乃が部屋を出るのを待っていたように、福太郎が話し掛けた。

──チラッと見たことはあったが、まじまじと見たのは初めてだ。なかなかどうして、信吾にはお似合いの女房どのじゃないか。

──似た者夫婦だと言いたいんだろうけど、福太郎にまで言われるとは思わなかったよ。

──おれさまにまでとはどういうことだ。

──犬にも猫にも川獺《かわうそ》にも、それに祖母や知りあいからも言われたのさ。

──人と動物を同列に扱うのが、いかにも信吾らしいや。

──それより福太郎、言いたいことがあるんじゃないのか。おまえがそんなに興奮してるのは、初めて見たよ。

──よくぞ聞いてくださった、さすがは信吾大先生。

──大先生はよしとくれ。

──本石町《ほんごくちょう》の三丁目に、長崎屋《ながさきや》ってのがあるが。

──阿蘭陀宿《オランダやど》だな。

——知ってりゃ話が早い。

——いや、よくは知らないんだ。長崎の出島から四年か五年に一度、甲比丹《カピタン》が将軍さまに拝謁のためやって来る、というくらいしかね。

——それだけ知ってりゃ十分。甲比丹は出島で一番偉い阿蘭陀人だが、その人が長崎から江戸まで来るとなると、通辞とか医者、書き役、役人、その他もろもろがいっしょにやって来る。役人の役目は警護だそうだが、実のところは監視だな。荷物運びの人足を加えると、総勢で六十人から百人を超えることもあるらしいぜ。

——まるで大名行列じゃないか。

——江戸に着くと甲比丹たちは長崎屋で旅装を解いて、将軍さまへの謁見の声が掛かるまで待つそうだ。一部を除いて、供の者たちは近くの旅籠《はたご》に分宿するらしい。その間、江戸見物ができないどころか、長崎屋や旅籠から一歩も出られないことになっている。

今年は四年に一度の参府の年に当たるのだが、随行する連中が実にさまざまなものを持ちこむらしい。書籍、顕微鏡や遠眼鏡、地図や地球儀、鏡、薬、酒や菓子などだ。一番多いのが、長崎に着くまでにあちこちの港で買い求めた、更紗《サラサ》なんぞという反物の類だそうだ。それらは将軍さまとか偉い人への贈り物となるが、一部は長崎屋を経、越後屋《えちごや》を通じて売りに出される。武家と商家にかかわらず、女たちは目の色を変えてそれを買い求めるとのことだ。

——ちゃんとした手続きを踏みさえすれば、付いて来た連中は、自分の持参した品を売ってもいいらしい。薬の類などは重宝されるので、けっこうな小遣い稼ぎになるそうだ。そういう中に生き物もいてね。

——となると、鳥じゃないのかい。

——さすが信吾だと褒めたいが、梟のわしが言ってるのだから、鳥だろうくらいは子供にもわかる。

——わざわざ福太郎が断るからには、わが国の鳥からは想像もできないほど、姿かたちや啼き声が変わってるんだな。迦陵頻伽《かりようびんが》は極楽浄土に棲んで、美しい声で法を解くと言われているけれど、それに負けぬほど啼き声が美しいのか。

——実はそうなんだが、まさか迦陵頻伽が飛び出すとは思ってもいなかったぜ。若いくせに妙なことを知ってるな、信吾は。

——あらゆることを知ってなきゃ相談屋のあるじは務まらない、というのは見栄というかハッタリでね。白状すると、檀那寺《だんなでら》の住持に教えてもらったんだ。

——迦陵頻伽はともかく、見たこともない奇天烈《きてれつ》な鳥を連れて来たと、こっちのやつらが騒いでな。

——やつらってのは。

——有象無象だよ。魚なら雑魚《ざこ》だが鳥だから雑鳥《ざつちよう》と言えばいいのかな。もっとも、そんな言葉は聞いたことがないけどね。雀《すずめ》、烏《からす》、鳩《はと》、頬白《ほおじろ》、椋鳥《むくどり》なんぞという、その辺で見掛けるごくごくありふれた連中さ。そいつらが騒ぐので、自然とおれさまの耳に入ったってことだ。

——だけどわざわざ見に行ったとなると、福太郎もけっこうな野次馬だな。

——出掛けたところで、簡単に見ることはできんがね。鳥は鳥目だけど、おれたち梟はその逆だから。

——逆と言うと。

——逆鳥目とでも言えばいいのかな。鳥どもは薄暗くなると見えないそうだが、おれたちゃ明るすぎるとまるでダメでね。

となると川獺といっしょである。夜行性の川獺は、昼間は眩《まぶ》しくて物がよく見えない。そのため夜間と、朝夕の薄暗い時刻か、どんよりと曇った日にしか、餌の小魚を漁《あさ》れないそうだ。知りあいになった川獺がそう言っていたのを、信吾は思い出した。

——小鳥がさえずるのは昼間だが、見たくても眩しすぎて、おれは長崎屋まで行くことができん。だからっておれだけのために、夜中に啼いてもらう訳にいかんだろう。今日はいい具合に曇りになったので、夕暮れの七ツ（四時）ごろ行ってみた。

——いたんだね。

——ああ、いたとも。雀か鶯ほどの、ちっちゃいのがな。

――きれいだったのか。

――なんてもんじゃない。実に明るくて、縮れた細い金色の羽毛がふわふわとして可《か》憐《れん》なんだ。わが国にはおらぬ、なんとも愛くるしい小鳥でな。

――その可愛《かわい》らしさに心を奪われたのかい。

――才色兼備というだろう。

――ああ。すぐれた才知と美貌を兼ね備えた人だ。女の人に対してで男には使わない。

もっとも近ごろは、……おっと、クワバラクワバラ。口は禍《わざわい》の門《かど》と言うからな。

言っておきながらあわてて打ち消した信吾を、冷ややかに見てから福太郎は続けた。

――その小鳥はカナリーと呼ばれていたが、明るい金色の羽毛の美麗さがくすんでしまうほど、声とさえずりが素晴らしいのだよ。なんとも清澄で、しかも微妙極まりない節廻《ふしまわ》しで歌ってね。思わず聞《き》き惚《ほ》れてしまったなあ。

――福太郎は才色兼備と言ったけれど、だとすればそのカナリーは雌じゃなくて雄だよ。雄は雌の気を引こうとして、ひたすらさえずるらしいから。

――雄とか雌とか、そんな些細《ささい》なことはどうだっていいじゃないか。金色に輝く羽毛をして、なんとも巧みに歌うんだから。

――それを聞いた福太郎さんが感動のあまり、わざわざ浅草黒船町まで報告に来てくれたということだな。

——でありゃすなおで可愛いが、おれはそれくらいで興奮するほど若くはない。

——と言われても、わたしは福太郎の齢《とし》を知らないからなあ。人でさえ簡単にはわからないのに、梟が若いか年寄りか見当が付く訳がない。茶色と灰色と白が混じった地味な算盤絣《そろばんがすり》の羽根模様なので、どの梟を見てもみんな年寄りっぽく見えてしまう。

——梟の老若すら見分けられないとなると、人の目ってのはまるで節穴と変わらないじゃないか。

——お寺の坊さんと梟とお吉婆《きちばあ》さんの齢はわかりにくい、というより見当も付けられないからな。

——妙なものといっしょにせんでくれ。ところでお吉婆さんって何者だ。

——浅草寺の境内で、鳩の餌の豆を売ってるお吉さん。

——ああ、ドケチ婆《ばばあ》か。

——口が悪いなあ、福太郎は。本人が聞いたら気を悪くするぜ。お吉さんはわたしが物心ついたころには、すでにどこへ出しても恥ずかしくない立派な婆さんであった。あれから十五、六年は経《た》ったのに、まるで変わることなく、完璧と言っていいほど立派な婆さんであり続けている。この先もずっと、賭け値なしの立派な婆さんのままだと思うよ。

——ホッホ。

——おっと、申し訳ない。話の腰を折っちまったな。

ひと呼吸置いて福太郎は話し始めた。

——おれを見た甲比丹が、源右衛門《げんえもん》に言った。源右衛門ってのは、阿蘭陀宿と言われている長崎屋のあるじだ。本石町三丁目には時の鐘があって、長崎屋は鐘撞《かねつ》き堂新道《どうしんみち》と呼ばれる路地を挟んですぐ南にある。二階はどの部屋も、甲比丹たちのために使われていた。頭の上で鐘が鳴りゃうるさかろうと、甲比丹の寝室は、一番南の庭に面した二階の座敷があてがわれている。

——石町の鐘は紅毛《オランダ》まで聞こえ、と川柳にあるけどね。

——紅毛まで聞こえるとなりゃ、部屋を変えたくらいでは静かになる訳がない。ただの気休めだな。

福太郎が長崎屋の庭木に羽根を休めて程なく、時の鐘が七ツを告げた。甲比丹は軒下に提げてあったカナリーの鳥籠を、室内に入れて布で覆っておくようにと下僕に命じた。となると福太郎はカナリーのさえずりと金色に輝く姿には、わずかな時間しか接することができなかったはずだ。

下僕に指示してから甲比丹は福太郎に気付き、源右衛門に言ったのである。もちろん通辞をあいだにしての遣《や》り取《と》りであった。

「この国の梟も、人の肩に止まることがあるのですかな」

「はて、どういうことでございましょう」

甲比丹によると梟は、あちらでは知恵と戦争の女神の付き物だそうだ。女神の名は土地によってちがっているが、アテネとかミネルヴァと呼ばれているらしい。

梟は巨大な真ん丸い目で、相反する、あるいは矛盾する二つの物や事柄を、同時に見ることができると思われている。善と悪、前世と来世、美と醜などを見透すことから、知恵の象徴とされているのだ。

さらに太い脚と鋭い爪を持った逞《たくま》しい足指で、木の枝などをがっしりと摑《つか》むことから、物事の把握力に優れていると考えられている。相反するものをちゃんと見抜く目とたしかな把握力から、勝利と敗北を見極める力を持つとされ、戦の女神の付き物にされたのだろう。

梟が肩に止まることによって、女神は神のごとき閃《ひらめ》きを得るのである。女神はもともと神なので、神のごとくと言うと重言《じゅうげん》になってしまうのであるが。

それはともかく……。

この国の梟は肩に止まらないだろうから、人々の知恵は十分と言えないのではないかと、甲比丹は皮肉ったのだ。

だが福太郎が言いたかったのは、そんなことではないはずだ。自分たち梟は知恵の女神の付き物、つまり知恵の象徴だと自慢したくて、わざわざ本石町から黒船町まで報告に来たにちがいない。

福太郎にとって残念なのは、この国では梟はまるで尊重されていないことである。諺《ことわざ》に「梟の宵鳴き糊摺《のりす》って待て」とあるが、梟が夕方に啼けば翌日は晴れるから、糊を摺って洗い張りの用意をしろという意味だ。これは単なる目安で、梟の知恵とはなんの関係もない。

それを周りの鳥たち、梟が言うところの雑鳥に話しても意味がないということだろう。となると打ち明ける相手は、生き物と話せる江戸でたった一人の人間、つまり信吾しかいないということになる。

二

「梟さん、ありがとう。待っていてくれたのね」と、姿を見せた波乃は福太郎に話し掛けた。「なにか食べられる物をと思ったのだけれど、好みがわからなかったから」

「野鼠《のねずみ》なんかが好物らしいよ。蛙《かえる》も食べるんじゃないかな。蜥蜴《とかげ》や、ちいさければ蛇だって大丈夫なはずだ」

信吾がそう言うと、波乃はちいさく体を震わせた。

「だったらあたしにはむり。ごめんなさい、梟さん。用意してあげられないわ」

——いいから気にしなさんな、波乃さん。気持だけは、ありがたくもらっとくよ。

福太郎のつぶやきは、残念ながら波乃には届かない。

波乃が手にした盆には小振りな徳利《とっくり》と盃《さかずき》、そして炙《あぶ》った鰯《いわし》や煮物を配した皿が載せられていた。東仲町《ひがしなかちょう》で料理屋をやっている母にもらった下り酒なので、冷やのままでいいと言ったはずである。

波乃は気を利かし、簡単な肴《さかな》を用意するあいだに、信吾が梟と語れるよう時間を作ってくれたのだろう。波乃は早くから、信吾が生き物たちと声なき会話をしていることを知っていた。

波乃が盆を二人のあいだに置いたが、銚子が二本につまみも添えられているということは、じっくり話しましょうという意味のようだ。

「本石町の長崎屋で聞いて来たそうだがね、あちらでは梟は知恵ある鳥で、知恵の女神さまの付き物なんだそうだ」

「頭がおおきいのは、知恵が一杯詰まっているからなのね」

言いながら徳利の酒を盃に注《つ》いだので、信吾は手に取って口に含んだ。旨味《うまみ》が口腔《こうくう》いっぱいに拡《ひろ》がり、香りが鼻腔を満たす。

「そう言えば梟の頭は、やけにおおきいものなあ。頭が体の半分、少なくとも三分の一はあるんじゃないのか」

おおきな目をした梟は、相反したとか矛盾したものが同時に見えるとされ、知恵と戦の女神の付き物だそうだと言うと、波乃はしきりと感心している。

「梟さんのものの見方を賜りたいものだわ。だってそういう捉え方って、相談屋にとってなくてはならないものですもの」

「なるほど。言われてみれば、まさにそのとおりだね」

「梟が女の神さまの付き物だとすると、弁天さまの蛇みたいなものかしら」

「弁天さまの蛇は商いにご利益《りやく》があるとか、お金が貯《た》まりますってんだろ。梟は知恵だから、相談屋としては蛇よりも梟に軍配を挙げたい。なにしろ困ってる人、悩んでる人の苦しみを除くのに必要なのは知恵だからね」

「お金さえ都合が付けば、悩みは解消するって人も多いと思いますよ」

「それを言っちゃあお終《しま》いだ。わかってはいるけれど、めおと相談屋が提供できるのはお金じゃなくて考え方だよ。お金はないけど考えだったら出せます、てのを売りにしないとね」

「これから困ったときは、知恵の女神の付き物の梟さんに相談したらどうかしら。ね、信吾さん」と言って庭木を見た波乃が、素《す》っ頓狂《とんきよう》な声を出した。「あら、いなくなっちゃったわ」

言われてそちらを見ると、つい先刻まで福太郎がいた枝にずんぐりとした姿はない。

梟は羽音を立てずに飛ぶことができるので、姿を消したことに気付かなかったのだ。

「二人の話があまりにも馬鹿馬鹿しいので呆《あき》れて、付きあっちゃいられないと帰ってしまったんじゃないかな」

福太郎としては梟が知恵の鳥であることを信吾に伝えたら、取《と》り敢《あ》えずの目的は果たせたということだろう。

「まあ、たいへん」

「なにがだい」

「梟さんがいなくなったということは、知恵が去ってしまったということでしょう」

「どきッ。波乃はときどき恐ろしいことを言う。しかし、だとすれば、梟の知恵がなければなにも解決できないってことになるよ。わたしが福太郎と知りあったのは」

「あら、フクタロウって」

「さっきの梟。フクロウに夕を加えて福太郎と、いかにもそれらしい呼び名を付けてやったんだ」

「すると信吾さんは名付け親、つまり烏帽子親《えぼしおや》になるのね、福太郎さんの」

「そういうことだ。わたしが福太郎と名付けたのは、めおと相談屋と名を改めて間もなくだったからね。よろず相談屋時代は梟に頼らなくても、自分の知恵だけでなんとかやってきたんだ。もちろん、めおと相談屋になってからもだけど」

「それを聞いて安心しました。だったらこれからも、福太郎さんに頼らなくてもやってゆけますね」

「ああ、波乃という頼もしい相棒もできたことだし、鬼に金棒、弁慶《べんけい》に薙刀《なぎなた》だよ」

「それはそうと、長崎屋さんのまえはたいへんな人だかりがしていて」

「なんだ、波乃は見物に出掛けたのかい。見掛けとはちがって野次馬なんだな」

「あたしは、そんなはしたないことはいたしません。魚勝《うおかつ》さんとか出商売《であきない》の人たちが、町で噂《うわさ》になってると教えてくれたんですよ」

豆腐、納豆、魚、野菜などは買いに出なくても、毎日のように棒手振《ぼてふ》りの小商人《こあきんど》が廻って来る。かれらは品物を売りながら、町の噂や、ちょっとした出来事を教えてくれた。

本来なら下女のモトが対応するところだが、波乃もいっしょに相手をするようにしていた。モトは棒手振りたちとの駆け引きや、新鮮な素材の見分け方などを教えてくれる。

「大勢が押し掛けてるとは、わたしも聞いていたけどね」

甲比丹たちが長崎から江戸に来て逗留《とうりゅう》することになると、すぐにお役人が長崎屋に出張《でば》るそうだ。町奉行所の普請役が二人と、南と北の同心が一人ずつの計四人で、取り締まりと警護に当たる。そのため医者、学者、物書き、微行《おしのび》の大名や旗本など、かぎられた人しか入れてもらえない。

物見高いは江戸の常と言う。奇妙な衣服に帽子を被《かぶ》っているだけでも物珍しいのに、赤みがかった褐色や金色の頭髪、碧《あお》、緑、灰色などの瞳をしているという。そんな異人たちをひと目だけでも見たいと、長崎屋の出入り口には好奇心をギラギラさせた人たちが群がっているそうだ。

「少しでも異人さんの姿が見えたら、キャーキャーとおお騒ぎになるんですって」

「波乃はもしかすると、長崎屋に行きたいんじゃないのか」

「だけど格子の隙間から見えるか見えないかで、長く頑張っても見られるとはかぎらないそうです。それにあちらの話が聞けるとか、奏楽を楽しめるならともかく、異人さんを見たって、ただそれだけでしょう。だったらつまらないわ」

「しかし野次馬が集まるのも、わかる気がするな。だって向こうの人たちは、梟がおおきな真ん丸な目を持っているからには、喰《く》いちがったり正反対だったりすることを、同時に見ることができると考えてんだろ。わが国では、梟を見てそんなふうに考えた人はいないもの」

「長いあいだ遠く離れた場所で生きて来たので、ものの見方とか考え方が、根本のところからちがっているのかもしれませんね」

「目の色や髪の色がちがうように、ものごとや世の中を見る目、考え方がまるでちがうかもしれない。であれば、それを知りたいと思うのは人として当然のことだ。学者とか医者なんていう人たちが、むりをしてでも時間を作って話を聞こうと、毎日のように長崎屋に出掛けるのだからね。あれこれわかっている人ほど、自分たちが井の中の蛙《かわず》だと痛感してるにちがいない。だから新しい知識を吸収しようと、競って通うんだよ」

「信吾さんも通いたいのでしょ」

「だけど言葉がわからなきゃ、しようがないもの」

「言葉は通辞の人が取り次いでくれますよ」

「だとしても、わたしなんかは長崎屋に入れてもらえないよ」

「でも、ちがう世界のことを知りたいわね」

「ああ、知りたいな」

「なんとかならないかしら」

「なんとかならないものか」

ぷふッと噴いた波乃は、信吾が見るとちいさく舌を出した。

「信吾さん、鸚鵡返《おうむがえ》しになってましたよ」

信吾は苦笑したが、照れを隠すように口早に言った。

「オウムとかインコってのは南方の鳥だそうだけどね、人の言葉とか動物の鳴き声、それに物音、例えば船を漕ぐ櫓櫂《ろかい》のギーコギーコなんて音を器用に真似《まね》るらしい」

「えッ、そんな鳥がいるんですか」

「と言うと、えッ、そんな鳥がいるんですかと繰り返す」

「まさかー」

「と言えば、まさかーと真似るそうだ。意味はわかっていなくて、ただ相手の喋《しゃべ》った言葉を音として繰り返すだけだろうけどね。そんな物真似鳥がいると聞いたら、本当かどうか知りたくなるじゃないか」

「あたし、カナリーよりオウムを見たいわ」

「でも福太郎はカナリーのことしか話さなかったからなあ。今回は、オウムは連れて来てないかもしれないね。それともカナリーに気を取られて、オウムのことを言い忘れたのかな」

「連れて来てるかどうか、知る方法はないかしら」と言ってから、波乃は続けた。「簡単に知ることはできないでしょうけど、もしもオウムがいるとわかったら、見たくてたまらなくなると思う。見たら欲しくなるでしょうけど、とても高いでしょうし、お金が工面できても相手が手放さないかもしれませんね」

　瞳を輝かせる波乃を見て、信吾はなんとかして見せてやりたいと思ったが、どうすればいいのか見当も付かなかった。長崎屋に出入りできるのはお武家とか学者や医者だろうけど、信吾に心当たりの人物はいない。

　次に福太郎が来たとき忘れずに訊《き》くことにしようと思ったが、気紛れなやつなのでいつ来るかわからないのである。

それはともかく、信吾は本石町の長崎屋にようすを見に行ってみようかと思った。実際に見てみなければわからないし、もしかするとなんらかの手掛かりが得られるかもしれないからだ。

信吾が福太郎に聞いたとか、波乃が棒手振りから仕入れた話なので、曖昧にならざるを得ないのは仕方がない。二人であれこれ思いを馳《は》せはしたものの、それ以上は拡がらなかったのである。

三

将棋会所「駒形《こまがた》」で対局が始まるのは大抵五ツ（八時）ごろからだが、その四半刻《しはんとき》（約三〇分）か、早ければ半刻（約一時間）まえに客たちがやって来る。

福太郎が梅の枝に止まった翌朝、一番早く顔を見せたのは甚兵衛であった。続いて桝《ます》屋良作《やりようさく》や素七《そしち》などの常連が次々と顔を見せた。

しばらくのあいだは、常吉が出した茶を飲みながら世間話をしてすごす。信吾は梟や阿蘭陀宿の話を持ち出そうと思ったが、なるべく多くの人を巻きこみたかったので我慢した。

対戦相手や先手後手の順が決まると対局となるが、始まるのも終わるのもバラバラである。ところが稀《まれ》にではあるものの、何箇所もでほぼ同時に勝負が決着する場合があった。

すぐに次の対局に入ることもあるが、大抵は勝負の検討になって並べ直すことが多い。対局者だけでなく、野次馬が加わって話が弾むことになる。

正午まで四半刻ほどと、ころあいも丁度よかった。信吾は何気なく、しかし多くの人の耳に届くように、おおきめの声で甚兵衛に話し掛けた。

「そう言えば昨夜《ゆうべ》、梟が庭の木にやって来ましてね」

「繁《しげ》さん、お袋さんがにわかにやって来たのですか」

わかっていながら甚兵衛が惚《とぼ》けたのがよかったようで、客たちの好奇心を掻《か》き立てることになった。繁が料理屋「宮戸屋」の女将《おかみ》で、信吾の母親であることを知らぬ将棋客はいない。

「甚兵衛さん、お袋さんじゃなくて鳥の梟ですよ」「甚兵衛さんのことだもの、わかってて言ったに決まってるじゃないですか」「それにしても、大川端のこんなところに梟が姿を見せるとはねえ」などと、客たちがざわつき始めたそのときであった。

「席亭さんにお聞きしますが、梟が止まったのは梅の木ですよね」

そう言ったのは藤沢《ふじさわ》生まれの富之助《とみのすけ》で、全員が見ると、その日は信吾の借家の庭に向けられている。低い生垣が境になっているだけなので、枝を張った梅の古木がこちらの座敷からもよく見えた。

「そうですけど、よくわかりましたね、富之助さん」

「あの梅には何本も横枝が出ていて、いかにも梟が好みそうです」

そう言われても訳がわからず、客たちは顔を見あわせるばかりである。

「どの枝に止まっても、庭全体がよく見渡せるでしょう」

「と言ったって」と、源八《げんぱち》は首を傾げた。「鳥の目は頭の横に付いてるから、前後も横も見ることができるだろう。だけど梟は人や猫なんかとおなじで、目が顔のまえに並んでいるからね。まえと斜め横は見えても、うしろは見えんでしょうが」

「見えるのです」と、富之助はきっぱりと言った。「目が顔のまえに付いていても、自在に頸《くび》を廻すことができるんですよ。くるくる廻して、横でも真うしろでも簡単に見られますからね。梟はまえの二本とうしろの二本の脚の指で横枝をしっかりと握って、庭全体を見渡します。鼠や土竜《もぐら》が動き出すのを見張っていて、見付けたら音もなく飛び降りて、鋭い爪でしっかりと摑むのです」

「富之助さんは、まるで見て来たように言うけれど」

源八は唇と眉のあいだを、指で何度も往復させた。どうせ眉唾じゃないかと言いたいのだろうが、富之助は怒りもしない。

「あたしらの田舎《いなか》ではね、畑の何箇所かに撞木《しゅもく》を立てておきます」

「シュモクって」

「はい。鉦叩《かねたた》きの撞木です。棒の先に短い横木を取り付けてありますね。あれのおおきなものだと考えてください。手ごろな太さの棒の先に横木を付けて畑地に立て、梟の止まり木にするのですよ。撞木に止まった梟は畑全体を見渡して、鼠や土竜を見付けると襲い掛かります」

「だから、見て来たような」

「嘘じゃありませんよ。朝になって畑に行くと、前の夜に梟が獲《と》って食べた鼠や土竜の、消化できなかった毛と骨が、びっくりするほどたくさん吐き出されて固まっています。それを見た祖父や父は、昨夜は梟がこんなにたくさん退治してくれたんだと、とても喜んでいましたね」

信吾にすれば思いもしない収穫で、もしかすれば自分が知りたい方向に話を持って行けるかもしれないとの期待が湧いた。

「そうしますと富之助さん、梟は人のために役立つありがたい鳥なんですね」

「ええ、そりゃもう。百姓にとっては、燕《つばめ》とおなじくらい頼りになる鳥ですよ。燕が害になる虫をたくさん捕らえて食べてるのは、どなたもご存じでしょう。ですが梟は夜のあいだですから、鼠なんかを捕らえても人目に触れることはありません。どれほど人の役に立っているかしれないのに、そのことはおそらく百姓しか知らないでしょう。土竜に田の畔《あぜ》に穴を開けられたらどれほど困るか、それに鼠が米、麦、大豆に小豆などの穀類を喰い荒らす害ときたら、そりゃたいへんなものなんですから」

「すると梟がやって来るからには、席亭さん家《ち》の庭には毎晩のように鼠どもが出没してるということですかね」

甚兵衛に言われて「かもしれません」と答えたが、信吾は内心では苦笑していた。

黒船町の千切れ耳、北側にある諏訪町の黒兵衛《くろべえ》、南隣り三好町《みよしちょう》の赤鼻という、三匹の野良猫と信吾は昵懇《じっこん》である。

引っ越したばかりのころは、天井裏を鼠が走り廻ったこともあったが、千切れ耳が見廻るようになってからはピタリと止《や》んでしまった。今では建物にも庭にも、鼠は一匹もいないはずだ。

だから福太郎は鼠を獲りにではなく、信吾と話すために庭の梅の木に来るのである。

だがそんなことを、甚兵衛は知りもしない。

「富之助さんが思いもしない話をしてくださいましたが、どうなんですかね梟の評判は。頭がおおきいので知恵があるにちがいないとか、燕と変わらぬくらい人の役に立っているとか、いい評判はほかにもありそうですが」

信吾はいくらかの期待を籠《こ》めて訊いたが、客たちは顔を見あわせるばかりである。

「朝、梟が啼いたら天気がどうなるの、夜に啼いたらどうの、つうぐらいだねえ。降ったり晴れたりが、土地によって逆になったりしとるけんどよ」

そう言ったのは瓦焼きの窯元夕七《ゆうしち》であった。各地を転々としたらしくて、言葉や話し方が変な男だが、どういう理由でか今戸町《いまどまち》の窯元の養子に納まっていた。

夕七の言葉に何人もがうなずいた。

猫が顔を洗えば雨で、前脚が耳朶《みみたぶ》を越さなければ降らないと言われている。その逆もあって、地方によってまちまちのようだ。天気は仕事や生活にかかわるので、言い伝えが多いのだろう。

「おれの田舎は紀州《きしゅう》だが、あっちじゃ梟はあまりようは言われとらんな」と、言ったのは銀蔵《ぎんぞう》であった。「梟が啼くと人が死ぬとか、家内に病人が出るとか」

「夜、低い声で啼くので、陰気な鳥だと思われているのだと思います」と、桝屋良作が言った。「馬琴《ばきん》の『燕石雑志《えんせきざつし》』だったかに、梟は不幸の鳥で、雛《ひな》にして父母を喰らわんとするの気あり、とあったと憶《おぼ》えておりますが」

「ほほう。桝屋さんはよくご存じでしたね」と、言ったのは島造《しまぞう》である。「そのもとは唐土《もろこし》の古い『説文』というのに出てまして、馬琴は受け売りをしただけですよ。梟は唐土では怪鳥《けちょう》と見られていましたから」

「ケチョウと言いますと」

「怪しい鳥と書きますな。怪しい鳥ということから、邪を退ける力、魔力を持つとされとるようです」

「あッ、それで疱瘡《ほうそう》除けは赤い木菟なのか」

源八はそう言って、思わずというふうに膝を叩いた。声もおおきければ膝を叩いた音も派手だったので、だれもが驚いて、というか子供っぽさに呆れて源八を見た。

「疱瘡除けとか麻疹《はしか》除けのまじないに、張り子とか木彫りの真っ赤な木菟があるじゃないですか」

「ああ、ありますな。胸に壽《ことぶき》と書いたのが」と、平吉《へいきち》がうなずいた。「すると源八つぁんはおスミさんに買ってもらったんだね、麻疹除けのお守りに赤い張り子の木菟を」

平吉は事あるごとに、髪結の亭主の源八をからかうのであった。言われた源八が厭《いや》な顔をするので、それがおもしろくてならないのだろう。それにしても二十九歳にもなった源八に、麻疹はまだだろうと言ったも同然だから平吉も人が悪い。

「赤い色には魔除けの力があるとされるので、悪い病気が流行《はや》ると子供に赤い着物を着せますね」

源八を気の毒に思ったらしく、甚兵衛がさり気なく話題を変えようとした。それにうなずいたのは、両国から通っている茂十《もじゅう》であった。

「両国には生きた木菟を店先に出して看板代わりにした薬屋がありますが、その木菟は赤くありませんよ」

「それは客寄せ用でしょう。それに生きた木菟は赤くはないですから」

真顔で言った茂十に、だれかがまじめに受けたので笑いが起きたが、その笑いはどことなく温かく感じられた。

「それはそうと、梟を食べると鳥目に効くそうですが、どうなんでしょうかね」

甚兵衛がだれにともなく問い掛けたが、多くの者が意外に思ったらしかった。

「食べるんですか、梟を。それより食べられるのですか、梟は。よくもおれを喰えるもんだな、と文句を言いそうな顔をしてますよ」

「鳥目に効くと言うからには、食べられるのでしょうね。和歌に詠まれてるくらいですから」

そう言って甚兵衛は説明したが、『食物和歌本草』には次のような一首が紹介されているとのことだ。

フクロウはトリメによろし　つねに食え
目をあきらかに　よる細字みる

梟の肉を食べると目がはっきりして、夜でも細かな字が読めるとの意味である。

「どうですかねえ。梟は夜でも目がよく見えるので、その肉を喰えば鳥目が治るのではないかとの臆測ではないでしょうか。それに常に喰えとあるのが弁解じみて怪しいですよ」

そう言ったのは桝屋良作である。無口な人だと思われていた良作は、初めて酒と女を知った若き日の経緯《いきさつ》を語らされたことがあった。それが客たちに大受けしてから、饒《じょう》舌《ぜつ》とまでは言わないが、かなり喋るようになっていた。今では良作が喋ったからといって、だれも驚きはしない。

「なにが怪しいのですか、桝屋さん」

「梟の肉を喰っても鳥目がよくならなかったと、だれかが文句を言ったとしましょう。すると、あなたは何度食べましたかと訊き返すと思います。食べたとしても一度か、せいぜい二度だと思いますよ。それでは鳥目は治りません。常に喰えとありますから、せめてあと二、三度は食べてみてください。そうすれば治るはずです、と」

「まさに、桝屋さんのおっしゃるとおりでしょう」と、言ったのは甚兵衛であった。

「席亭さんの庭に来る梟は例外として、普通は深い森にいます。しかも夜しか活動しません。肉を食べるには梟を捕らえねばなりませんが、そこらに群れている鳩や烏にしたって、ひとたび捕らえようとすると簡単ではありませんからね。梟を常に喰うなんてことは、できる訳がないですよ」

「なあるほど。ちゃんと言い抜けをしてるということだ」

「ところで王羲之《おうぎし》のことを、みなさんはご存じですかな」

高飛車な言い方をして客たちを睥睨《へいげい》したのは、例によって博識自慢の島造であった。甚兵衛と桝屋にはわかったようだが、ほかの客たちはオウギシが何者なのか、いや人だと思いもしなかったのがほとんどではないだろうか。それを見て島造は満足げにうなずいた。

「王羲之は唐土の書聖。つまり書の達人、文字を書く名人です。わが国には三筆と言って空海《くうかい》、嵯峨《さが》天皇、橘 逸勢《たちばなのはやなり》の三人がおりますが、王羲之は世界で最高、つまりたった一人、ゆえに書聖と称されておるのですな。『晋書《しんじょ》』というあちらの書物によると、王羲之は梟の炙った肉が好物だったと書かれています。梟の肉は炙ってもよく、汁にしてもよく、淡泊にして佳味があるそうで、唐土の人は昔から賞美したとのことだ。『三才図会《さんさいずえ》』には漢の武帝の時代、五月五日には梟の羹《あつもの》を作って百官に賜うとある」

島造は得意になっているが、ほとんどの客は、なにを言おうとしているのか、よくわからぬようであった。昔の唐土の人が梟の肉を食べたということに、なぜ王羲之を出す必要があるのか、信吾も島造の意図がわかりかねた。ただの衒学《げんがく》だとしか思えなかったのである。

富之助などからおもしろい話も聞けたが、満足のいくほどの成果とは言えない。そろそろ打ち切りにしようかと思ったとき、いい具合に大黒柱で合図の鈴が鳴った。一度なので食事の用意ができたとの報《しら》せである。

「常吉。昼飯の用意ができたそうだから、先に食べて来なさい」

「へーい」

「島造さん、ためになる話をありがとうございました。では、みなさん、お昼にしようではありませんか」

信吾がそう言うと、だれもがホッとしたような顔になった。空腹なのと、長引くと思っていた島造の話が打ち切りになったからだろう。誘いあって食事に出掛ける者、弁当を取り出す者とさまざまであった。

常吉が母屋へ食事に行ったので、信吾が代わりに茶を淹れる用意を始めた。憮然《ぶぜん》となった島造は、一人で食べに出たようである。

お茶の用意を終えると、念のために手控えを捲《めく》ってみた。午後は指導も対局の予定も入っていなかったので、信吾は甚兵衛に頼んで出掛けることにした。

食べ終わった常吉と入れ替わりに食事をした信吾は、「本石町まで行って来るよ」と波乃に断って黒船町の借家を出た。

四

道を真《ま》っ直《す》ぐ西に進むと、すぐに日光街道に出た。左折して街道を南へ取り、神田川を渡って浅草御門を抜け、そのまま南西方向に行けば、黒船町の借家からだと四半刻もせずに本石町の長崎屋に着く。

だが信吾は左折せずそのまま西に進んだ。二町（二二〇メートル弱）ほどで突き当たり、左折すると一帯は堀田原《ほったはら》で左手に馬場がある。

信吾は予定を変更して、三味線堀《しゃみせんぼり》に近い藩邸に蟻坂吉兵衛《ありさかきちべえ》を訪ねることにした。長崎屋に行っても、どうせ入れてもらえないなら徒労となるからだ。

予《あらかじ》め連絡していないので不在かもしれないが、藩邸は長崎屋への半分にもならぬ道程《みちのり》であった。吉兵衛がいなくても連絡だけは付けられるので、ムダにはならないと考えたのである。

吉兵衛はまだ三十二歳と若いが、江戸留守居役であった。留守居役たちは情報交換などのために、藩主同士が親しいとか、縁戚、あるいは格が近いなどの藩で、いくつもの集団を作っていた。

吉兵衛の属する集まりは、浅草の東仲町にある信吾の両親が営む会席と即席料理の

「宮戸屋」をよく利用していた。信吾の武勇伝が瓦版に取りあげられたとき、どういう若者か一度会って話を聞こうではないかとの理由で、宴席に呼ばれたことがあった。

留守居役たちは若くても四十代で、ほとんどが五十代と六十代である。父親が死去したので見習いだった吉兵衛は跡を継いで留守居役になったが、集まりの中ではただ一人の三十代であった。そのため老人たちばかりでどうにも窮屈で、鬱屈せずにいられなかったらしい。

集まりのあと、吉兵衛は一人で宮戸屋に信吾を呼んで談笑したことがあった。若い者同士ということもあって意気投合したのである。

留守居役たちはいつどこでだれに聞かれるかわからないのを理由に、渾名《あだな》や通称、あるいは号で呼びあっていた。吉兵衛の渾名は口癖から「若干」であった。ところが信吾と打ち解けたこともあって、蟻坂吉兵衛だと本名を明かしてくれたのである。

それからも時折、吉兵衛は信吾を宮戸屋に呼んでくれた。若いとはいえ江戸留守居役なので、雑多なことにも通じている。当てもないのに長崎屋に行くより、吉兵衛と話したほうが得るものが多いにちがいない。

正門でなく脇門に廻って番人に告げると、程なく吉兵衛が姿を見せた。

「よいところに来た。用が片付いたところでな、半刻ほどなら時間が取れる」

来客との談話や打ちあわせに使うらしい、庭に面した小ざっぱりした八畳間に通された。それまでは吉兵衛が信吾を宮戸屋に呼んでいたので、藩邸で会うのは初めてであった。

「さて、いかなる用であるか」

若党が茶を出してさがると、吉兵衛はさっそく訊いてきた。信吾がなぜ訪れたのか興味津々らしく、まるで若者のように瞳を輝かせている。

「本石町三丁目に時の鐘がありますが、その南隣りに長崎屋という」

「阿蘭陀宿だな」

大名家の留守居役が知らぬはずはないと思っていたが、問題はどの程度の関わり、あるいは関心を持っているかであった。

「さまざまな立場のお方、学者、医者、あるいは藩の老職の方などが訪れておられるようです。特に本年は甲比丹が将軍さまに拝謁の年だと聞きました。法制や軍学、武具、兵器、ほかにも機械や文化の新しい流れと申しますか、発展ぶりを知りたいと、多くの方が出向いているようですね。新たに出た書籍を求める方もおられると聞き及んでおりますが、蟻坂さまは、あるいは藩のどなたかが長崎屋に行かれるということは」

信吾のねらいが那辺にあるかがわからぬからだろう、吉兵衛はしばし間を置いてから口を開いた。

「いかにそれが重要であるかを説く者はいたが、老職が手を拱《こまぬ》いてな。当藩は若干ではあるが、いや、かなり出遅れてしもうたのだ」

吉兵衛の渾名の由来となった口癖の「若干」が出たので、信吾はなんとなく安堵《あんど》した。

「ようよう子弟を長崎に学びに行かせるようになったが、後れを取っておるのがわかるだけにもどかしくてならん」

その口振りからすれば、吉兵衛は長崎屋を通じて甲比丹や阿蘭陀人たちに接する必要性を説いた人物、あるいはその一人なのかもしれなかった。となると吉兵衛が長崎屋と接触している可能性は、あまり高くないのではないだろうか。

「ところで、信吾はなにを知りたいのだ。あるいは書物を入手したいとか、特別な薬品を求めておるとか」

「いえ、言葉がわかりませんので、書物を手に入れても読めませんし、医術の心得もありません。ただ、今回の阿蘭陀の御一行の中に、珍しい鳥を持ちこんだ人がいると聞きましたものですから」

「珍鳥であるか。名はなんと言う」

「カナリーだそうです。雀か鶯ほどのおおきさで、羽根の色と申しますか、全身が金色の羽毛で被《おお》われて、鈴を転がすような澄み切った声と、なんとも見事な節廻しでさえずるそうです」

吉兵衛は目を閉じて腕を組んだが、ほどなく目を見開いた。なにかを思い出したようだが、あまり自信のありそうな顔ではない。

「カナリーと申すは、カナアリヤと同一の鳥であろうかの」

吉兵衛によると、カナアリヤは金糸雀、金雀と書くのが一般的だが、金有屋とも書くそうである。舶来のものには発音に近い字を当てることが多い。金有屋はカネアリヤで、これはカナアリヤに漢字を当てたものだろうから、カナリーよりカナアリヤが正しいのではないだろうか。もっとも最初に持ちこんだ者が、カナリーと言ったとも考えられる。

吉兵衛の話に納得した信吾は、以後はカナアリヤを用いることにした。

吉兵衛が続けた。

「陽《ひ》の光を浴びると金色に輝くとのことだが、それを手に入れたいのか」

「いえ。本当にそんな小鳥がいるなら一度見てみたい、と。それに、カナアリヤとは別に、鸚鵡返しという言葉がございますが、その語源となったオウムとかインコという鳥は、人の言ったことをそっくり繰り返すそうですね。であればそれも一度試してみたいと思いまして。その程度の、子供じみた好奇心だけなのですが」

弁解する信吾をじっと見てから、吉兵衛は探るような目になった。

「相談客に頼まれたのであるか」

「え、ええ」

相談客でなく波乃が興味を示したからだが、そんな鳥がいるなら信吾も見てみたいし、やりたかった。

鸚鵡返しするさまを確かめたいとも思っている。信吾はできるなら波乃の想《おも》いを叶《かな》えて
「その客は鳥屋に行ったことはあるのか。信吾はどうなのだ」

「鳥屋と申しますと、鳥だけを扱っている見世があるのですか」

「まさか酒や女は扱っていまい」

信吾の問いは間が抜けたものであったが、それに対する答えは駄洒落《だじやれ》にもならぬひどいもので、吉兵衛は照れくささそうに笑った。

「鳥と言っても主に小鳥だがな。水鳥の鷺《さぎ》や鵞鳥《がちよう》、軍鶏《しやも》のようなおおきな鳥も扱っておるようだが、見て楽しむとかさえずりを聞くための小鳥が主ということだ。どうした。信吾は鳥屋を覗《のぞ》いたことがないのか。将棋会所と相談屋に詰めておるので出歩かぬのだろう。そんなことでは、相談屋の仕事は務まらんのではないのか」

痛いところを衝《つ》かれたが、指摘どおりなのでうなずくしかない。

「先ほど申したのがカナアリヤであればだが、今回の一行が初めて持参したのではないぞ。すでに飼われておるし、それどころか雛を孵《かえ》して増やしておるからな」

「ほ、本当でございますか」

思ってもいないことを言われて狼狽《ろうばい》したが、考えるまでもなく、自分が不勉強で無知でありすぎたのだ。

「聞き齧《かじ》りゆえ詳しいことは知らぬが」

カナアリヤは、かなり以前から阿蘭陀人が長崎の出島に持ちこんでいた。姿と啼き声の鑑賞が目的ということもあり、それらはすべて雄であった。番《つがい》が初めて移入されたのは天明年間（一七八一〜一七八八）で、出島の阿蘭陀屋敷で繁殖に成功している。番を譲ってもらった長崎奉行がカナアリヤを江戸に運ばせ、駿河台《するがだい》の然《さ》る旗本の屋敷で繁殖を試みたとのことだ。初年は失敗したが、翌年は雛を孵したそうである。

「今や各地で飼育されておるそうだ」

「ちっとも存じませんでした」

「もっとも大名家や大身の旗本、あるいは豪商と称される金満大商人の屋敷内で飼われておるので、庶民の目に触れることはまずなかろうがな。また自分の楽しみだけで飼っておるので、そういう連中、もとい、そのようなお方は自慢したりせぬものだ」

「なんだか、大名屋敷内は別世界のようでございますね」

「それに同好の士は、仲間だけで秘《ひそ》かに連絡を取りあうものだからな。知らぬからと、信吾が恥じることはない」と言って、吉兵衛は少し考えた。「信吾は滝沢《たきざわ》馬琴を存じておろう、曲亭《きよくてい》の筆名で『南総里見八犬伝《なんそうさとみはつけんでん》』を書いておる男だ」

「名前は知っていますが、読んだことはありません」

「自宅に庭籠《にわこ》と呼ばれる禽舎《きんしや》、つまり鳥小屋を作り、鳩やカナアリヤの繁殖をおこなっておるとのことである」

「真《まこと》でございますか」

「信吾に嘘《うそ》を吐《つ》いても始まるまい。雛が孵れば欲しいものに頒《わ》け与え、また鳥屋に売って金を得ておるそうだ。どうした、驚いたか」

「ええ。馬琴さんがカナアリヤを飼っているだけでなく、雛を孵していると は思いもしませんでしたから」

馬琴さんなどと親し気に言ったが、信吾は話したことはおろか会ったことすらない。

「日本橋の本小田原町《ほんおだわらちょう》には鳥屋が集まっているそうだし、茅場町《かやばちょう》にも何軒かあるらしい。信吾が見たいと申すカナアリヤ、オウムやインコなんぞを売っておるやもしれん。見世の籠に見えずとも、店主に話せば取り寄せようし、でなければ入手法を教えてくれるはずだ」

本小田原町は日本橋魚河岸の北側で、室町《むろちょう》一丁目と二丁目の東側にある。長崎屋からだと五町（五五〇メートル弱）ほどしか離れていない。

そのうちに行ってみよう、と信吾は思った。

「鳥屋だけではのうて、ほかにも入手法はあるようだが」

「そうですか。どのような」

「なんだ。なにも知らぬのだな」

「お恥ずかしい。これを機会に、あれこれ学ぶつもりです」

「見世を構えずに、行商だけをやっておる鳥屋も若干ではあるがいるそうだ。天秤棒《てんびんぼう》の前後に籠をぶらさげて売るにはかぎりがあるので、客の望みを聞いておいて、次回にその鳥を持って来る。これなら客は、わざわざ鳥屋に出向かなくてもすむからな。信吾も見たことがあろうが」

「そう言われれば。ですが、鳥を売り歩いているとは思いもしませんでした」

「とすると、なにをやっておると思うたのだ」

「なんらかの事情で、籠に入れた鳥を運んでいるのだとばかり」

「これは愉快だ。となると鳥の市とか小鳥あわせ、鶯の啼きあわせなどは知らぬであろうな」

「初めて聞きました」

吉兵衛はまじまじと信吾を見たが、ぷいと横を向いた。笑いを堪《こら》えているのだとわかった。やがて顔をもどしたが、なんともうれしそうなのである。

「信吾は若いに似ずとんでもない異才である。二十歳《はたち》という若さで世のため人のため、悩みを解消したいとの思いで相談屋を開いた。だがそれだけではやってゆけぬとみて、日々の活計《たずき》のために将棋会所を併設したという。しかも武芸の心得があるというではないか。末頼もしい若者が登場したと驚嘆し、自分もぼんやりしておれぬと思うておったのだが、若干ではあるにしても、人並みの弱点もあるとわかり、いささか気が楽になったわい」

相手の心証をよくするための辞令だとしても、いくらかの事実は含まれているにちがいない。信吾は吉兵衛が自分をそんなふうに見ているとは、思ってもいなかったのである。

「人並みどころか、弱点ばかり。弱点の塊ですよ」

今日ほどそれを痛感させられたことはなかったと、信吾はしみじみと思った。ところが吉兵衛は、目のまえで手をおおきく振ったのである。

「謙遜せずともよいぞ。その年齢で信吾ほど思慮分別のある者には、まずお目に掛かれぬからな」

「それにしましても、蟻坂さまは世情に通じておられますね」

「買い被りだ。留守居役はあらゆる職、立場、階層の者に接するが、大したことを話す訳ではない。話の七、八割、少なく見積もっても半分は雑談でな。実に雑多なことが耳に入って来る。世情に通じておると言われても、ちゃんとした知識が身に付いておる訳ではないので片腹痛い。尾籠な話ですまぬが、味噌《みそ》も糞《くそ》もいっしょというやつだ。中には誤っておるもの、正反対のこと、臆測でしかないものも含まれておる。ところがしばらくこの役目を続けておると、奇妙なことにまともな知識、正確な内容かそうでないかが、自然とわかるようになるのだ。かと言って、明らかにちごうておっても、いちいち指摘はしないがな。ま、相手は海千山千ばかりゆえ、うんざりすることもなきにしもあらずだ」

そのとき廊下に足音がした。

「御留守居役さま、お時間となりました」

見ると襖《ふすま》脇に、若党が片膝を突いて控えている。

「おお、左様か」と返辞してから、吉兵衛は信吾に言った。「すまぬが今日はこれまでにしてくれ。鳥の市や鶯とか鶉《うずら》の声あわせ、啼きあわせについては、次回と致そう」

「蟻坂さま。本日はまことにありがとうございました。これほど多くのことを教えていただけるとは、思いもしませんでした」

「カナアリヤとかオウムやインコのことに関しては、心当たりに訊いておくとしよう」

信吾の知りたいことを踏まえているところは、さすが留守居役である。遣り取りをしながら、相手のねらいをちゃんと押さえることを、常日頃から心掛けているのだろう。

「蟻坂さま、できましたらカナアリヤよりオウムのほうを」

なぜオウムだとでも言いたげに、吉兵衛は首を傾げた。

「てまえもですが、実は家内が本当に鸚鵡返しをするのかを、知りたがっておりまして」

それを聞いて吉兵衛は、人懐っこい笑いを浮かべた。

「心掛けておこう」

藩邸を出たとき、金龍山《きんりゆうざん》浅草寺弁天山《べんてんやま》の時の鐘が八ツ（二時）を告げた。

五

もどったことを伝えると、長崎屋へ行ったとばかり思っていたからだろう、波乃は驚いたようである。

事情は夕食後に話すことにして、信吾は庭に廻り、境の柴折戸《しおりど》を押すと将棋会所に顔を出した。思ったより早くもどれたのと、甚兵衛に留守番を押し付けてばかりで、申し訳ないと思っていたからだ。

会所を空けていた詫《わ》びを入れると、丁度いいところにもどられましたと言われた。常連たちが盤を取り囲んで、検討に入ったばかりだったのだ。

島造と夢道《むどう》の因縁の勝負が終わったところであったが、信吾は結果を聞かずとも夢道が勝ったことを知った。なぜなら夢道は首筋まで赤く染めていたが、島造はその逆で蒼《そう》白《はく》で硬い表情をしていたからである。

噂では、夢道は貧乏旗本の次男坊か三男坊らしい。身を持ち崩したこともあったが、一念発起し、文筆で身を立てようとしているとのことである。そう言えば、夢の道とはいかにも筆名らしいではないか。

困ったことに、それを知った物書きの島造が、ことあるごとに皮肉ったりからかったりするようになったのだ。夢道はおなじ筆を執る身ということもあってか、先輩を立てて耐えているが、それだけに対局には凄《すさ》まじい意気込みを見せた。

昨年末におこなわれた将棋会所「駒形」の、開所一周年を記念した将棋大会では、夢道が島造を打ち負かして日頃の鬱憤を晴らしている。島造にすればそれほどの屈辱はなかっただろう。

以来、二人はどちらからともなく対局を避けている嫌いがあったが、ほかに相手が見付からなければ勝負するしかない。思いばかりが先走りして冷静さを欠き、どちらかが自滅することもあったが、ほとんどが手に汗握る接戦となる。

ほかの客たちは事情を知っているので、自分たちの勝負を中断して二人の闘いを見物する者もいるほどであった。

勝負は最後まで混沌《こんとん》としていたようだが、僅差で夢道が勝利を収めていた。敗者の島造は無念の思いもあってか言葉数が少なかったが、勝者の夢道も口を噤《つぐ》んでいた。こちらは勝利の興奮を嚙《か》み締めていたのか、それとも敗者への配慮からであろうか。

対戦者の二人が寡黙なため、桝屋良作、甚兵衛、太郎次郎《たろうじろう》など常連の中でも強豪が中心になって検討を進めていた。信吾はそれぞれの意見を聞きながら静かに見ていたが、訊かれたら答えはしても、出しゃばってまで解説しないように留意した。

勝負の直後は勝者も敗者もともに気が昂《たかぶ》っている。要所で簡潔に触れるほうが、得々と考えを述べるよりも遥《はる》かに効果があった。

解説すればわかりやすいだろうが、要点を指摘するだけのほうが、思考力を養えることに信吾は気付いていた。特に興奮した相手には、もの静かに接すべきなのである。

検討は七ツの鐘が鳴ったので切りあげることになった。そのころには赤くなっていた夢道も、逆に蒼白な顔をしていた島造も、普段の顔色にもどっていた。

客たちが帰路に着くと、信吾と常吉はいつものように将棋盤と駒を拭き浄める。

夕食のまえに、常吉は棒術の稽古を、信吾は木刀の素振り、鎖双棍《くさりそうこん》の型や連続技で汗を流した。そして庭に大盥《おおだらい》を出して交替で行水する。それほど汗を掻いていなければ、下帯一つになって体を拭いた。

湯屋は五ツに湯を落とすが、夕刻になると湯は濁り始めている。それもあって信吾は四月から九月に掛けては、常吉を連れて朝湯に入るようにしていた。湯銭は月初に一ヶ月分をまとめて払ってあるので、都合のいい時間に自由に入浴できるのである。

朝風呂と行水のお蔭《かげ》で、信吾は常に快適でいられた。

夕食を終えて八畳の表座敷に移ると、波乃はまず梅の枝に目をやった。前夜は福太郎が飛来したことを知らず、不意に啼かれて驚かされたからだろう。もしかすると知りあったばかりの梟が来ているかもしれないと、期待していたのかもしれない。

信吾は長崎屋へ行く予定を変更して、三味線堀近くの藩邸に蟻坂吉兵衛を訪れた経緯を話した。吉兵衛と親しくなったのは波乃といっしょに暮らすようになるまえだったので、その辺の事情も簡単に話しておいた。

そして、カナアリヤやオウムについて話そうとしたときである。

「あら、お見えになったわ」

言われて庭の梅の木に目をやると、福太郎が横枝を前後二本ずつの足指でしっかりと摑んで、信吾たちを静かに見おろしていた。梟に対して「お見えになった」もないものだが、信吾といっしょに暮らすようになって、波乃はいつの間にか人と生き物の区別をしなくなっていたのである。

――まるで待たれていたようだな。

――そうさ。昨夜は波乃が話したがっていたのに、黙って消えたじゃないか。

――黙って消えたはないだろう。暇そうに見えるかもしれんが、それなりに忙しくてな。

波乃はなにかを感じたらしい。

「ねえ、二人だけで話してないで、あたしも仲間に入れてくださいよ」

「てことで、波乃が福太郎と友達になりたがっている。言葉が通じないのだから、わたしが通辞をやらせてもらうよ。そのうちに通訳しなくてもよくなるかもしれないが、当座はそうもいかないだろうからね」

信吾を中に置いて、福太郎と波乃との会話が始まった。

いちいち信吾が通訳するさまを挟んでいては煩わしいので、以下は通常の会話に改めて進めたい。

「福太郎は本当にいいことを教えてくれたよ。カナリーから始まってオウムやインコの話になったけれど、波乃がオウムのことをおもしろがってね」

「だって鸚鵡返しって言葉が、オウムが人の言ったことをそっくり真似することから生まれただなんて、知らなかったんですもの」

「そういうことをおもしろがるところが、まさに似た者夫婦なんだよ」

「混ぜ返さないでくれよ。それでオウムのことを知りたいと、あれこれ考えたんだけど」

「どうすればいいのか、見当も付かなんだということだな」

「となれば長崎屋、となるじゃないか」

「行ったのか、野次馬根性まる出しで」

「よくよく考えたんだけどね」と信吾は右目で波乃、左目で福太郎を見ながら言った。「長崎屋へ行っても相手にされないだろうから」

波乃に話し始めていた蟻坂吉兵衛を藩邸に訪れたことから、信吾は進めることにした。

大名家の江戸留守居役たちは、同業であっても渾名や号で呼びあっているくらいだから、本来なら役職や名を告げてはならない。だが相手が波乃であれば洩《も》らす心配はないし、福太郎に明かしても、信吾以外とは話せないので、露見する恐れはなかった。

「長崎屋に行かなくて正解だったんだよ」

福太郎の言ったカナリー、吉兵衛の言うカナアリヤは、ずっと早くから長崎経由で持ちこまれていたと蟻坂に教えられた。そればかりか、すでに繁殖されてさえいたのである。信吾はそれら知ったばかりの事情を、波乃と福太郎に伝えた。

「で、信吾はどうしたいのだ」

「信吾さんはどうなさりたいの」

二人と言うか、一羽と一人、福太郎と波乃が同時に訊いた。

「このあと相談屋や将棋会所の予定がいろいろ入ってるから、朝か昼の空く日があれば、ちょっと調べに出ようと思ってるんだ。やはり半日は取られると、覚悟してなきゃならないだろうな」

「ちょっと調べにって、どちらまでですか、信吾さん」

「蟻坂さまの話では、日本橋の本小田原町には鳥屋が集まっているらしい。うまくいけばオウムを扱ってる見世があるだろうし、なくても鳥屋のあるじさんに訊けば、なにかと教えてくれるだろうからね。そこでわかったことをもとに、どうするかを決めることになるだろう。本小田原町までなら片道に四半刻も掛からないけど、鳥屋を何軒か廻らなきゃならないかもしれないから、余裕を見ておかなきゃね」

「ねえ、信吾さん。あたし、ごいっしょしちゃいけないかしら」

「そりゃかまわないけど。片道は四半刻だから往復だと半刻だけど、何軒も廻らなければならなくなるかもしれないから、実際にはもっと歩くことになると思う。疲れるんじゃないかな」

「大丈夫。それにいっしょのほうが、ムダが省けるでしょ」

「ムダって」

「信吾さんが鳥屋のあるじさんに、鸚鵡返しするところを見せてもらったとしますね。帰って教えられたら、あたしは改めて出掛けることになります。ごいっしょだとムダにならないわ」

「たしかに波乃の言うとおりだけど」

「それにあたしは鸚鵡返しを見せてもらったら、それだけで満足なんです。オウムやインコが欲しいとか、飼ってみたいなんて思っていませんから」

「波乃さんの言うとおりだよ、信吾」と、福太郎が言った。「それに、どうせならカナリーじゃなかった、カナアリヤだったな。それも見られるかもしれないじゃないか。おれとしては、ぜひとも薦めたいね。あんな鳥はこの国にはいないもの。姿もいいが、さえずりが素晴らしい。なんとも軽やかで耳に心地よいからね」

「福太郎がそこまで言うなら」

「楽しみだわ。いつ行けるかしら」

「明日からはしばらく予定が入ってるから、四、五日先になるんじゃないかな。急に相談の仕事が入ることもあるし、将棋も前日や、場合によっては当日に指導を頼まれることもある。行けそうな日がわかったらすぐに教えるよ」

「やれやれ、ひと安心。これで信吾に教えた甲斐《かい》があったわい」

「ところで福太郎はどこを縄張り、というか塒《ねぐら》にしてるんだ」

「今は決まってないな」

「えッ、どういうことだい。まさか宿なしじゃないんだろ。それとも女房どのに追い出されたのか、とすりゃ気の毒だ」

「信吾はひどいことを言う。子育てをしているあいだは、雛の餌を確保しなければならないから、縄張りにもうるさくなるけど、それがすんだからな」

「だとしても毎日、喰っていかなくてはならないだろう」

「大江戸だなんて威張っても、ちょっと町中を離れると、畑や野原だらけだからね。餌に不自由はしない。適当に好きな場所を選んで日をすごしてるのよ」

「餌の鼠なんかの多い場所と、そうでないところがあるだろう。梟同士がぶつかって喧《けん》嘩《か》にならないのか」

「そうならないようにしてるからね」

「あら、そんな方法があるのですか。一体どうしてるのかしら」

「ホッホホー、……ゴロスケ・ホッホ」

福太郎が急に啼いたので、信吾と波乃は思わず顔を見あわせた。その啼き声は前夜、梅の枝に止まったときに発したのとおなじであった。

「どういうことだい」

「大体、人が言うところの一刻置きくらいにおれたちゃ啼くのさ、ホッホホー、……ゴロスケ・ホッホとね。声はけっこう遠くまで透るから、おお、あの辺には仲間がいるんだなとわかる。だから梟同士が鉢合わせすることはない」

「人よりもずっと利口ね。人は刀の鞘《さや》が当たっただけで、顔色を変えて大喧嘩どころか斬《き》りあいになるもの。だから江戸の町では、お侍さんは道の左側を歩くの。刀は左腰に差しているので」

「右側を歩くと、擦れちがったときに鞘が当たるからか」

福太郎が感心したように言ったので、信吾は思わず笑ってしまった。波乃と福太郎が同時に、咎《とが》めるような目で信吾を見た。

「だって数がちがうじゃないか。梟はあちらの森に一羽、こちらの林に一羽だろ。お侍はごまんといて、石を投げたらお侍に当たるほどだもの」

「ははは、そういうことだな。ほんじゃ、おれさまは食事に出掛けるとするよ。鸚鵡返しもいいが、カナアリヤも見ておきな。さえずりを聞けば一度で好きになると思う。そのうちに、ようすを聞きに寄せてもらうからさ。ほんじゃな」

梅の横枝から福太郎の姿が消えた。

「音もなくいなくなってしまったわ。鳥や鳩だと、風を切る羽音がするのにふしぎね」

「夜、暗い所で鼠なんかを捕らえるからね。少しでも音がすると獲物に気付かれる。翼になにか仕掛けがあって、音がしないようになっているのだろう」

「福太郎さんと知りあっただけで、いろんなことがわかって楽しかったわ。だけど世の中って、あたしの知らないことばかり」

「それはお互いだよ。梟の知恵を分けてもらいたいものだね」

六

翌日のことである。

将棋客たちが帰ったので片付けを始めると、大黒柱の鈴が二度鳴った。来客ありとの合図なので、常吉にあとを任せて信吾は母屋にもどることにした。

客は弟の正吾《しょうご》で、波乃が応対しているところであった。

宮戸屋の客入れは昼が四ツ（十時）から八ツ、夜が七ツから五ツとなっているので、その時刻はてんてこ舞いの忙しさとなる。もっともそれは喜作《きさく》と喜一《きいち》親子ら料理人たちと、仲居などの女子衆《おなごし》だけで、正右衛門とあるじ見習いである正吾は数に入っていなかった。女将の繁と大女将の咲江に、「手伝わなくてけっこうですから、邪魔だけはしないでくださいね」と釘《くぎ》を刺されているほどだ。

正吾は繁に言われて、信吾たちの都合を訊きに来たのである。

「急な話で申し訳ないですが、明日の昼間は時間を空けられるでしょうか」

「事情にもよるけれど、どうやら急に決まったことのようだね」

「母さんが兄さんに、なんとしても都合してもらうようにってことなんだけど」

「その実、命令なんだろ」

「母から息子への、折り入っての頼みということなんですけどね」

「それがわが家の場合、有無を言わせぬ命令となる」

波乃が微笑《ほほえ》んでいるのは、兄弟の遣り取りがおもしろくてならないからだろう。

「兄さんが厭と言ったら、首に縄を付けてでもって」

「それ見ろ。どこが、折り入っての頼みだ」

「ま、そう言わずに母さんの言うことを聞いてあげてよ。お武家さんが兄さんたちと昼飯をごいっしょしたいとのことだから、母さんは断る訳にいかなかったんだよ」

「ちょっと待ってくれ。兄さんたちと言ったな、たちと。てことはわたしだけでなく波乃もかい。まさか常吉じゃないだろう。おっとそのまえに、お武家さんがって言ったけど、もしかして若干さんじゃないのか」

藩の留守居役たちが渾名や号で呼びあっているのを知っているので、宮戸屋ではだれもが本名では呼ばなかった。呼ぼうにも奉公人たちは知らないのである。両親や祖母は知っているだろうが、だとしても渾名で呼んでいた。たとえ名前は知らないとしても、何藩であるかぐらいはわかっているはずだ。

そういう事情なので、信吾の問いに正吾も渾名で答えたのである。

「そう、さすが兄さんです。若干さんですけど、心当たりがあるのでしょう」

「あるいは、と思っただけだよ」

若干こと蟻坂吉兵衛がいっしょに食事をと言い、波乃に同席するようにとのことなら、先日のカナアリヤやオウムに関してと見てまちがいないだろう。となれば信吾の心は決まっていた。知りたくてたまらないのだから受けない訳がない。

「いっしょに昼食をと言ったけど、宮戸屋の客入れは、昼間は四ツから八ツまで二刻（約四時間）もある」

「若干さんの話では九ツ（十二時）を挟んで半刻か、せいぜい一刻だそうです」

とすれば最長で四ツ半（十一時）から九ツ半（一時）ということになるが、九ツ半からは指導が一件入っていた。長くて一刻なら微妙なところで、もどれなければ甚兵衛に代理を頼むしかないだろう。もしも客が不満を示すようなら、席料の二十文だけもらって指導料を取らない方法もある。

「しょうがないなあ、母さんの強引さには勝てないよ。だめだと言ったら、子供の使いになって正吾の顔が丸潰れになる。兄としてはなんとかするしかないじゃないか」

「ありがとう、兄さん。恩に着ます。ではお武家さんに待ってもらう訳にはいきませんから、四ツ半より少し早めに来てくださいね」

礼を言いながらもちゃんと釘を刺し、踊るような足取りで正吾は帰って行った。

「信吾さんたら、ご自分はすっかりその気なのに恩に着せるなんて、悪い兄さんだこと」

「正吾はすなおだから、兄貴の言うことをなんでも信じてしまう。おなじ十八でありながら、なんたるちがいであることよ」

「あら、もしかしてあたしのことかしら」

「あれ、波乃は十八だったっけ」

波乃は噴き出したが、すぐさま真顔にもどった。

「だけど、蟻坂さん。なにか新しいことがわかったのでしょうか」

「かもしれないね。本小田原町の鳥屋のことを教えてもらったわたしが、四、五日の内にオウムとカナアリヤのことを訊きに行くと言ったのは昨日だよ。それなのに宮戸屋に呼ばれたのは明日だ。大抵のことならついでのときですむはずだから、やはり伝えねばならないことができたんだろう。まさか波乃の顔が見たくなったからとは思えないけどな。いや、そうでもないか」

「変なことおっしゃらないで。でも、なんでしょうね。御留守居役さんはいろいろな人と繋《つな》がりがあるとのことですから、思いもしないことかもしれませんよ。それにしてもなんでしょうね」

おなじ言葉を繰り返すほど、波乃はあれこれ思いを巡らせていたのだろう。

「そう言われると気になるけど、一体なんだろうな」

なんでしょうね、なんだろうなとの謎というか、思いはそれからもずっと続いた。

一夜が明けて伝言箱をたしかめ、鎖双棍のブン廻しをし、常吉と湯屋に行って朝湯を浴び、食事をし、くつろぎ、将棋会所に顔を出して、結局は波乃と二人で宮戸屋の離れ座敷に、若干こと蟻坂吉兵衛を訪ねるまで、なんだろうなと、ずっと首を捻《ひね》り続けていたのである。

　早めに出掛けたのに、すでに蟻坂吉兵衛は来ていた。一階の小座敷に、護衛を兼ねた供の若侍たちの姿が見えたのでわかったのだ。いつものことだが、吉兵衛が信吾たちと話すあいだ食事をしながら待つのである。

　声を掛けて坪庭に面した奥の離れ座敷の襖を開けると、満面が笑みの吉兵衛の顔が目に入った。そして同時に、吉兵衛の斜めうしろに四角い風呂敷包みが置かれているのを、信吾の目は捉えていた。それが二つなので、「あッ、そうか」と合点が行ったのである。

「久方振りであるな、信吾と波乃どの」

「はい、中一日も置きましたから。まさに久し振りにお目に掛かることに」

　信吾が吉兵衛にあわせて惚《とぼ》けると、波乃もすぐに乗ってきた。

「お懐かしゅうございます、蟻坂さま。すっかりご無沙汰いたしましたが、お変わりございませんでしょうか」

　吉兵衛が予め言っておいたからだろう、挨拶が終わったところに、母の繁と仲居二人が料理の盆を運んできた。

「洒落た会席料理をと思うたのだが、急な予約であったゆえ即席料理にしてくれと言われた。なあ、女将」

言われた繁は、ええ、ええ、とでも言いたそうに笑みを浮かべた。

「ですが、若干さまのお好みは承知しておりますので、これはと思う品を選び、組みあわせてございます」

「いや、わしはともかくとして、客人の舌のことを考えてもらいたかったのだ」

「ご安心ください。二人の好みでしたら、掌《たなごころ》を指すよりも明らかでございます」

息子とその嫁だから当然だろうが、繁は澄ました顔で料理を並べ始めた。

「先付は、モズクとろろに隠元豆《いんげんまめ》でございます」

薄青い小鉢に、茶と緑にわずかな紫を加味したような色のモズクが、擂《す》りおろされたとろろ芋の白に配され、隠元豆の緑が中央に置かれて全体を引き締めている。

八寸に盛られたのは、枝豆と焼き穴子の煮凝《にこご》りであった。

向付は、明るい灰色の丸皿に薄切りにした大根を敷き詰めるように並べ、その上に鯛《たい》のへぎ造り、コチの洗い、浅蜊《あさり》の剝《む》き身《み》が配され、大葉じそ、大根けん、花穂《はなほ》じそ、紅《べに》蓼《たで》が彩りを添えている。

「煮物、焼き物、和え物、蒸し物なども順にお持ちいたしますので、まずはこちらからお召しあがりくださいませ」

女将と仲居たちが頭をさげてさがると、吉兵衛が二人を見てニヤリと笑った。

「食すことよりも呼ばれた理由が知りたいであろうが、まずは味わおうではないか」

言われた信吾と波乃は、顔のまえで両掌《りょうて》をあわせてから箸を取った。

「ふふふ、焦《じ》らしておるのよ。そのほうが知ったとき、わかったときの喜びがおおきいからな」

それを無視して信吾は波乃に問い掛けた。

「若干さまのことだから、よほどの秘策がおありなんだろうな」

「そりゃそうでしょう。そのままですまぬことくらいは、よくおわかりのはずです。大風呂敷を拡げられたのですもの。出て来たのが起きあがり小法師《こぼし》くらいだと、あたしたちが落胆するだけでなく、ご本人が赤恥をかくことになりますからね。雷門の大提灯《おおぢょうちん》とか、もしかしたら奈良の大仏さまあたりが出て来るかもしれませんよ」

「若干さまならでは、ということか。それは楽しみだなあ」

波乃の言葉を受けて「なら」に力を籠めると、焼き穴子の煮凝りを食べていた吉兵衛は、思わず吐き出しそうになった。

「信吾と波乃どのは、まさに絵に描いたごとき似た者夫婦であるな」

梟の福太郎に続き吉兵衛からもその言葉が出るとは、信吾は思ってもいなかった。

「祖母には破鍋《われなべ》に綴蓋《とじぶた》だと言われました」

「大女将にか。信吾は女将の血を濃く引いていると思うておったが、大女将の血も濃いようだな。そこに波乃どのが加わったとなると、いかなる子供が生まれることか」

「でも、困りました」

「なにがだ。とても困りごとがあるようには見えぬぞ、波乃どの」

「早く食べ終われば、それだけ早く蟻坂さまが楽しいお話をしてくださいますのがわかっておりますのに、それができぬのが悲しゅうございます」

「ほほう、いかなる理由でかな」

「品のない言葉で耳を汚すことをお許しください。女の身で、とても早喰いなどできないではありませんか」

「無礼講ゆえ気にせず、大口を開けて喰ってくれ。おっと、せっかくの料理が冷めてしまう。なにはともあれ、まずは食すといたそうではないか」

食べるあいだは言葉を発せずに、ひたすら料理を味わうのが礼儀である。丁度食べ終わったころに次の何品かが、さらに何品かが運ばれて、最後にご飯とともに供された止め椀《わん》は、鱧《はも》の湯引き、焼き麩《ふ》、湯葉で、水物はよく冷やされた瓜《うり》であった。

「堪能した。さすがは宮戸屋だけのことはある」

吉兵衛はおおいに満足したようであるが、自分の両親が営む料理屋ということもあり、信吾としては安易に同意する訳にもいかない。

「さて、待たせた上にも待たせたが、二人に来てもろうたのはなぜかわかるか」

おおきめの風呂敷に包んだ品が四角く、その風呂敷に微《かす》かに縦縞《たてじま》が見えることから、鳥籠だとの見当はつく。それが二つ並んでいるということは、オウムとカナアリヤが入れられているはずである。でなければ、オウムとインコだろう。

一つはかなりおおきな縦長で高さが二尺（約六〇センチメートル）ほど、片方はその半分の一尺（約三〇センチメートル）のほぼ立方体であった。縦長は黄色い風呂敷、立方体は白い風呂敷に包まれている。

しかし招いた側が言うべきことを先に言っては、礼を失することになる。信吾と波乃は顔を見あわせ、まるで見当も付かぬという困惑顔になった。

「ここに二包みあるが」と、吉兵衛は右手でそれを示して見せた。「もうわかったであろうが鳥籠だ」

そこで初めて、信吾は左掌を右手の拳で打った。

「そうしますと」

「左様。片方がカナアリヤで、もう一方がオウムなのだが」

そこに至って、信吾と波乃は顔を見あわせて笑顔でうなずきあった。それを満足そうに見ながら吉兵衛が訊いた。

「どちらがどちらだかわかるか」

訊かれて二人は、またしても顔を見あわせた。カナアリヤは黄色い羽毛で陽を受けると金色に輝くと吉兵衛が言ったことからすると、黄色い風呂敷に包まれた縦長となるはずだ。だが齢にふさわしくないこれまでの吉兵衛の悪戯《いたずら》っぽさだと、その逆である可能性が高い。

「そちらがカナアリヤではないでしょうか」

　信吾は白い風呂敷を指差して言った。

「ほほう、なぜにそう思う」

「オウムのおおきさは知りませんが、カナアリヤは雀か鶯ほどのちいささだと聞いたことがありまして。であれば白い風呂敷に包まれた、ちいさな鳥籠だろうと」

　カナアリヤがちいさくて金色をしていると言った相手は、吉兵衛ではなく梟の福太郎であった。どこで、だれにと問われたら、信吾は答に窮するところだ。

「ウーム。見破られたか」

　口惜《くや》しそうに言って吉兵衛は風呂敷を解くと、端を持って一気に取り払った。

「あッ、なんと」

「まあ、きれい」

　二人は同時に声をあげた。離れ座敷に陽は差していないが、障子を開け放ってあるので十分に明るい。カナアリヤの羽毛が金色に輝いた。

　急に風呂敷を取られたのでカナアリヤはキョトンとしていたが、われに返って二箇所に渡された止まり木、そして横や上に巡らされた籤《ひご》を何度も行き来した。ほどなく落ち着いて、片方の止まり木に静止したかと思うとさえずり始めたのである。高くて澄み切った、ころころと転がるような、耳に心地よい啼き声であった。

「なんてきれいな声でしょう」

波乃はうっとりとして聞き惚れている。カナアリヤは頭をあげると、斜め前方に嘴《くちばし》を突き出すようにし、咽喉《のど》の羽毛を震わせながらさえずり続けた。

「どうだ。驚いたか」

「驚いたなんてものではありません。こんな啼き声、節廻しは聞いたことが」

「これくらいで驚いておっては、オウムでは息ができなくなるぞ」

吉兵衛はおおきな鳥籠の風呂敷の端を摑み、摑んだままで動かず、しかも無言を通した。相手が武士であれば万《ばん》やむを得ぬことではあるのだが、子供のようなことはせずに早く見せてくださいよ、と言う訳にはいかないのである。

信吾と波乃は、瞬きもせずに風呂敷を摑んだ吉兵衛の指先を凝視していた。

七

「あッ」

二人は思わず声を漏らした。カナアリヤとは比較もできぬほど巨大な真っ白い鳥が、吉兵衛が風呂敷を除くなり「ギャー」と甲高く凄まじい叫びを発したからだ。

宮戸屋のどこにいても聞き逃すことがないほどの、驚くべき大声であった。信吾たちがいるのは奥の離れ座敷だが、客を相手に忙しく立ち働いている母や祖母の耳にも、まちがいなく届いたはずである。客の手前もあって取り澄ましているだろうが、動揺せずにいられなかったはずだ。

風呂敷に包んだ二つの鳥籠は、おそらく供の若侍が宮戸屋に持ちこんだのだろうが、奥の離れ座敷に運んだのがだれかはわからない。供侍か宮戸屋の奉公人、それとも繁や咲江、大事なものゆえ吉兵衛本人が運んだかもしれなかった。

オウムの姿を見ておれば、あるいはあの鳥がと思ったかもしれないが、とても繁や咲江が見たとは思えない。繰り返し叫べば心配して覗きに来るだろうが、でなければ気懸かりであってもそのままにしておくだろう。

あるいはと思ったが、オウムは二度と叫びはしなかった。急に風呂敷を取ったために、真夜中から白昼に一変するほどの急変に驚き、動顚《どうてん》したのだと思われた。

「ああ」と、波乃が胸を押さえた。「それにしても驚かされました。まだ胸がざわついています。声もおおきいですが、体も負けていないですね」

その鳥はほぼ純白の羽毛をしていて、思っていたより遥かにおおきかった。嘴は短いが硬くて鋭そうで、脚は太くて逞しく爪も頑丈だ。嘴と脚は暗い灰色をしている。

「ダイハクオウムと申すそうだ。オウムとインコは兄弟か従兄弟《いとこ》関係にあるらしい、ということは狼《おおかみ》と犬のような関係であろう。オウムはこれこのように」と、吉兵衛は指差した。「後頭部に目立つ羽根がある」

見ればたしかに長く突き出ている。

「それにしてもおおきいですが、オウムはどれも、こんなにおおきいのですか。インコはどうなのでしょう」

「それぞれ大小があるようだが、これは特におおきいほうであろうな。ダイハクオウムのダイハクの名は、おおきくて白いことから来ておるとのことだ」

「かなりありますね」

信吾がそう言うと吉兵衛は含み笑いをした。

「カナアリヤに引っ掛けたか」

駄洒落のつもりはなかったが、武士にそう言われては打ち消しもできない。

「ですが、これだけおおきいと重さも相当なものになるでしょう」

「頭から尾の先まで一尺五寸（約四五・五センチメートル）で、体重が百五十匁《もんめ》（約五六二・五グラム）ほどだと聞いた」

「それよりも」と、波乃がもどかしそうに言った。「あたしが知りたいのは鸚鵡返しですが、あれは本当なのでしょうか」

「おお、そうであったな。ならば波乃どの、試してみるがよい」

「いいのですか。でも、なんと言えば」

「好きなことを言ってよい」と、吉兵衛はオウムに向かって語り掛けた。「信吾さん大好きです、でもいい」

「シンゴサンダイスキデス、デモイイ」

不意にオウムが、甲高い一本調子な声で繰り返した。人であればシンゴサンダイスキデスで止めるだろうが、デモイイを加えたのは物真似鳥の性《さが》だろう。生真面目な顔をしているだけに滑稽でならなかった。

一瞬、目を丸くしたが、波乃はなにかを思い付いたにちがいない。ゆっくりとオウムに語り掛けた。

「えッ、そんな鳥がいるんですか」

それは信吾がオウムについて話したとき、波乃が思わず訊いた台詞《せりふ》であった。

「エッ、ソンナトリガイルンデスカ」

オウムがすかさず繰り返した。

「まさかー」

これも信吾と話していて波乃が思わず言ったことであったが、「マサカー」とオウムがなぞったのだ。

「いやいや、これはまいったなあ」

オウムから目を離すことができぬまま、信吾は思わずつぶやいた。

「イヤイヤ、コレハマイッタナア」

以後は三人の会話のあちこちにオウムが繰り返しを入れるので、話がこんがらがって訳がわからなくなり、途中からはほとんど笑い続けた。

「これぞ鸚鵡返しである。納得したか」

さんざん笑ったあとで、吉兵衛が締《し》め括《くく》るように言った。

「畏れ入りました」

「まさに鸚鵡返しと言うしかありませんね」

どうやら喋ったことをそのまま繰り返すらしい。

「よくわかったか」との吉兵衛の言葉に、「ヨクワカッタカ」とオウムが返した。吉兵衛は苦笑しながら、鳥籠を風呂敷で包み直した。

薄暗くなったからだろうが、オウムは黙ってしまった。すると鎮まるのを待っていたように、カナアリヤが静かにさえずりを再開したのである。

その場の全員の顔が、一瞬にして柔和になった。

「心が安らぎますね。なんだか、母の子守唄を聞いているようで」

「それにしても、オウムの最初の叫びは凄まじいものであったな。人真似の繰り返しのときは、それほどの大声《たいせい》でもないが」

吉兵衛はそう言うと目を閉じて、カナアリヤの高くはあるが、まるで撫《な》で擦るように気持を鎮めてくれるさえずりに聴き入った。

ほどなく吉兵衛は、宮戸屋に信吾と波乃を呼んでカナアリヤのさえずりを聞かせ、オウムに鸚鵡返しをやらせるに至った経緯を話し始めた。

親しくしている江戸留守居役にカナアリヤとオウムについて訊いたところ、いくつかの大名家の藩邸で飼っているのがわかったのである。知ってはいても、飼い鳥のことなどは武士たるものが話題にすべきではない、ということのようだ。

相手が挙げた中に、それほど親しい訳ではないが顔見知りの藩士の名があった。その藩には、幸運にもカナアリヤを飼っている側室と、オウムの世話をしている奥女中がいたのである。

藩士を通じて打診すると、なにかと条件を付けはしたが、貸してくれることになったそうだ。

「それにしてもふしぎでなりません。今回、もしも蟻坂さまに教えていただかねば、カナアリヤやオウムを知らずに生涯を終えたかもしれないですから」

本当は梅の木に来た福太郎が教えてくれたのだが、そんなことを吉兵衛は知らないし、話しても信じないにちがいない。

その吉兵衛が鼻の先で笑った。

「これ、信吾。いくらなんでも生涯は大袈裟《おおげさ》にすぎよう」

「いえ、カナアリヤやオウムの名は知ったとしましても、それだけで終わったでしょう。カナアリヤのさえずりを聞くこともなければ、オウムが実際に鸚鵡返しをするところを見ることもなかったと思います。となりますと、カナアリヤやオウムを知らずに生涯を終えたことと、おなじではありませんか」

「鳥のことでさえこんなだと、あたしたちは世の中のことをほとんど知らないのかもしれませんね」

「信吾は大袈裟だと思うたが、波乃どのはそれに輪を掛けておる。やはりおまえたちは似た者夫婦だ」

「となりますと蟻坂さま」

「いかがいたした、信吾。改まって」

「先日、藩邸にお邪魔しました折、時間がなくてそのままになったことがございますね」

「はて、なんであろう」

「鳥の市や鶯とか鶉の声あわせ、啼きあわせについては次回に、とおっしゃいましたが」

「ああ、憶えておるぞ」

「今日がその、次回ということになるのではないでしょうか。そこでお訊きしたいのですが、鳥の市は例年霜月（旧暦十一月）の酉《とり》の日におこなわれる酉の市とは、別物なのでしょうね」

「あるいはおなじか、元はおなじだったかもしれんな。神社や寺の境内で日を決めておこなわれる市だそうだ。鳥好きたちが鳥を持ち寄って、交換や売り買いをするらしい。また鳥の世話とか、病気のこと、孵卵《ふらん》させる方法などを教えあいもする。同好の士の集まりで、世俗的な柵《しがらみ》には捉われんとのことゆえ、俳諧などの集まりに近いものであろう。当然だが鳥屋や小鳥屋も見世を出すそうだ」

「元はおなじものだったかもしれないというのは」

「干支《えと》絡みの酉の市の、縁起物を存じておるか」

吉兵衛に訊かれて二人は顔を見あわせたが、信吾にうながされるように波乃が答えた。

「熊手でしょうか」

「さよう、熊手だ。ところで熊手とはそもそもなんであるか」

「熊手は熊手でしかないのではないですか」

「あれは鷲《わし》の足を模したものだそうだ。鷲が獲物を鷲摑みするように、金や物を鷲摑み、つまりおのれの物とする。そこから商売《あきない》と商人《あきんど》に取って、なによりの縁起物となったのだ。そんなこんなで酉の市は、年の瀬を控えて七福神を配した熊手や翌年の干支に関する縁起物などを売る、商いの場になったということだな。酉の市は本来の鳥の市、鳥好きのための市とは次第に縁遠くなった。それで日と場所を決めて、各地の境内でおこなうようになったのだろう」

フーッと信吾はおおきく溜息《ためいき》を吐いた。江戸留守居役は実にさまざまな人と接するため、自然と雑多な知識が身に付くと吉兵衛は言った。相談屋の信吾にすれば、それらは雑多どころかたいへんな財産である。

ひと廻りしか年上でないのに、吉兵衛と話せば話すほど、信吾は自分の無知加減を痛感させられるのであった。であればこの機会に、少しでも多く吸収しておきたい。

「ところで蟻坂さま、もう一つの、鶯や鶏の声あわせ、啼きあわせの件ですが」

「信吾はわが国の三名鳥を存じておるか」

「鶯と」

吉兵衛がうなずいたので、ひとまずホッとした。

「それから目白」

微かに首を振られ、となるとあとが続かない。目を泳がせていると吉兵衛が言った。

「駒鳥《こまどり》と大瑠璃《おおるり》だ」

「鶯、駒鳥、大瑠璃」

オウムのように、信吾はただ繰り返した。

「その筆頭が鶯だが、自慢の鶯を持ち寄った連中が、啼き声を競わせるのが鶯あわせである」

「鶯あわせ、ですか」

「左様。毎年、睦月《むつき》（一月）の下旬から如月《きさらぎ》（二月）の中旬にかけて、牛の御前《ごぜん》で何度かおこなわれておるそうだ」

日本橋から一里十町（約五キロメートル）の距離にある中《なか》の郷《ごう》、小梅《こんめ》、須崎《すさき》、押上《おしあげ》の四箇村を、昔は牛島《うしじま》と唱えた。牛の御前は、かつては牛島の出崎にあったので、略して牛の御崎《みさき》と言っていた。ところが崎《さき》を前と書いたために御前と読みちがえ、その名が定着したとのことだ。

「向島の三囲《みめぐり》稲荷《いなり》は存じておろう」

「はい」

相談屋と将棋会所を開くまえは甚兵衛に呼ばれて、月に二、三度は近くにある豊島屋の寮まで将棋を指しに出向いていたので、辺りの地理には詳しい。

「牛の御前は稲荷からは目と鼻の先にある」

鶯あわせの当日は境内に幔幕《まんまく》が張り巡らされて、人が雑踏するそうだ。あちこちの台の、人の顔の高さになる位置に鳥籠が置かれている。籠桶《こおけ》と呼ばれる木箱に鳥籠を納め、集まった人たちは境内を漫《そぞ》ろ歩きしながら、鶯のさえずりを楽しむのである。

「半年先になるが、興味があるなら出掛けるがよい。だが、その必要はなくなったな」

「と、申されますと」

「信吾と波乃どのがカナアリヤやオウムのことを知りたいと申すので、本小田原町に鳥屋が集まっておることを教えた。そこでわからねば、鶯あわせに出掛ければよいと思っていたのだ。だが本日、カナアリヤのさえずりを聴き、鸚鵡返しを確認したではないか」

「ですが、教えていただいた牛の御前の鶯あわせも、とても楽しそうですので、年が明けたら行ってみようと思います」

「いろいろな鶯の、さえずりのちがいを楽しみたいですもの」

そのとき波乃が珍妙な問いを発して、蟻坂が目を白黒させた。こう言ったのだ。

「なぜ鸚鵡返しとなって、鸚哥《インコ》返しとならなかったのでしょう」

「むむッ。どういうことであるか」

「インコとオウムは、ほぼおなじころにわが国に入ったのでしょう。だったら鸚哥返しとなってもよかったと思うのですけど」

波乃はおもしろい発想をすると、信吾は感心した。自分にはとても思い付かないだろう。

「考えもせなんだが、難問である」

そう言って吉兵衛は腕を組み、考えこんでしまった。

「遺恨という言葉がある」と吉兵衛は腕組みを解き、目を開けた。「いつまでも忘れられない恨みのことだ。遺恨を晴らすと言うな。鸚哥返しとなると、遺恨返しを思い浮かべるので、善しとせなんだのではなかろうか」

いかにも武士らしいと思ったが、波乃はなるほどと言いたげにうなずいた。

信吾と波乃は、両親や祖母と弟正吾、そして奉公人全員で丁重に蟻坂吉兵衛と供侍たちを送りだした。宮戸屋は八ツまでは多忙極まりないし、信吾は将棋会所での指導に間にあいそうなので、挨拶もそこそこに黒船町にもどることにした。

大川端の右岸を下流に向かいながら、波乃が信吾に言った。

「蟻坂さまにお礼しなければなりませんね」

「ご馳走《ちそう》になった上に、珍しい鳥を見せてもらったからなあ。知りあいの藩の御側室と世話係の奥女中に借りたと言っていたが、土産などなにかと金を使ったことだろう」

波乃は楽器商の娘であり、信吾は料理屋の息子である。しなくてはならないことと、してはならないこと、さらに世話になれば礼を返さなければならないことは弁《わきま》えている。

「なにかと条件を付けはしたが、貸してくれることになったとおっしゃいましたもの」

大藩の江戸留守居役へのお礼である、二人で悩むよりは、両親や祖母に相談したほうがいいだろう、ということになった。それなりの相場があるだろうからである。

生き物には、人の直感に似た感覚があるのかもしれない。

信吾と波乃は夕食を終えると八畳の表座敷に移って、茶を喫しながら蟻坂吉兵衛やカナアリヤ、そしてオウムのことについて語らっていた。

「ホッホホー」

不意に啼かれて、驚いて庭の梅の木を見ると横枝に止まった福太郎が、二人をじっと見おろして、「ゴロスケ・ホッホ」と続けた。話に熱中するあまり、二人とも梟が飛来したことに気付きもしなかったのである。

「福太郎はなにがあったか、知ってるみたいじゃないか」

信吾の通訳した福太郎の言葉は例によって、ということで進めたい。

「なにも知らないよ。二人の顔を見たかった、て理由で来ちゃいけないか」

「気を悪くしないでくれよ。福太郎に話したいことが、いや、礼を言わなきゃならんことがあってね」

「だけど福太郎さんの居場所がわからないから、連絡のしようがないでしょう」

「ま、そういうことなら許さにゃならないだろう」

許すも許さないもないものだが、心の裡《うち》を読み取られないよう気を付けないといけない。

「福太郎の言ってたカナリーはカナアリヤとも言うそうだが、それが歌うのを聞くことができたんだよ」

「なかなかのもんだったろう」

「素晴らしかったわ。あればかりは聴かないと、良さがまるでわからないわね」

「だから教えてやったんじゃないか」

「ありがとう、なんとお礼を言っていいのかわかりません」

「いいってことよ。礼を言われたくて教えたんじゃないからな」

「それからね、オウムに鸚鵡返しをやってもらったの。と言っても頼んだ訳じゃなくて、オウムが勝手にやっただけなんだけど」

「そいつはおれも見たかった」

「わたしも見せたかったよ。さて、どっちから話そうか。カナアリヤからがいいか、オウムのことを聞きたいかい」

信吾がそう言うと、福太郎は一段下の横枝に移った。そして少し考えてから、おもむろに言った。

「オウムだな」

そう言えば福太郎は長崎屋で、カナアリヤがさえずるのを聞いていたのである。

「まず、驚かされたのはね」

「ふんふん」

「そのおおきさだよ。一尺五寸で百五十匁ってんだから、すごいじゃないか」

「ひえーッ、それで」

と、福太郎はさらに一段下の枝に移った。

蚤《のみ》の涎《よだれ》

一

榧寺《かやでら》の別名で知られる正覚寺《しょうがくじ》の境内に信吾を呼び出したのは、昇平《しょうへい》と名乗る二十代前半と見られる男であった。

おやッと思ったのは、年齢が近いだけでなく背格好が驚くほど似ていることだ。信吾は五尺六寸（一七〇センチメートル弱）だが、やや細身で細面である。昇平もまた背丈が変わらぬだけでなく、いくらか痩せ気味で顔も細《ほ》っそりしていた。

信吾は自分の名を告げると、付け足すように言った。

「すぐ近くですから、どうせなら家《うち》に来ていただいたらよかったのに」

「ええ」と言ってから、昇平は少し間を取った。「ですが、看板にめおと相談屋とあるからには、お二人でやっておられるのでしょう」

わかりきったことを言ったが、この手の客は少なくない。

「てまえのほかには、だれにも知られたくないということですね」

「自分勝手ではありますが」

「いえ。相談にお見えのお方はどなたも、他人《ひと》に知られたくない悩みをお持ちですから。二人に聞いてもらったほうが、良い案が出るだろうとおっしゃる方もいらっしゃいますけれど。それに女の人はてまえより、家内のほうが話しやすいようですし」

「立ち話もなんですから坐《すわ》りませんか」

昇平はそう言って目顔で示した。見れば本堂への石段は掃除が行き届いていて、塵《ちり》一つ落ちていなかった。

着ている物や履物からして、どうやら昇平は商家の手代らしい。色白でおっとりしているところからすると、田舎出の奉公人ではないようだ。

「でしたら、本堂の裏手か横に廻《まわ》るとしましょうか」と信吾が言うと、昇平は怪訝《けげん》な顔になった。「参詣の方だけでなく、近所の人がついでのように拝んで行くのですよ。門から入らず、通りから手をあわせるだけの人もいますがね。いつ、だれに見られるかわかりません。相談屋のてまえと話していると、困ったことが起きたからだと取られかねませんから」

なるほどというふうに昇平はうなずいた。

二人はゆっくりと本堂の横を廻って、木立の中にある石に腰をおろした。

「いくら散策好きでも、この辺まで来る酔狂な人はいないでしょう」

昇平を見知った人がいたとしても、樹間ということもあって、顔を見られることはまずないだろう。
夏の盛りをすぎはしたものの、まだまだ蟬《せみ》の鳴き声が喧《かしま》しかった。普通に話している
かぎり、聞かれることはないはずである。
「なるほど、さすが相談屋さんですね」
なにが「なるほど」で「さすが」かわからないが、昇平は納得したようである。しか
しすぐには話し出さず、かなり間を置いてから口を切った。
「以前はたしか『よろず相談屋』の看板を」
「よくご存じで」
「よろずを看板にしていたからには、どんな相談にでも乗っていただけるということで
すよね」
おやッとまたしても信吾は新たな発見をした。昇平の声はいくらか低めだがよく通る。
信吾もやはりそうであった。
低めの声に低めの声が答えた。
「はい。ただし、次の三つに触れないかぎりは、ですが」
昇平が首を傾《かし》げたので、信吾は金の融通、素行調べ、人を不幸にする相談には乗らな
いし、乗れないのだと言明した。相手が戸惑ったような顔になったのは、最後の「人を
不幸にする相談」の意味がわかりにくかったのかもしれない。

信吾は順に説明した。

「てまえが出せるのは、悩みを解決するための考えだけだということです。困っている人や悩んでいる人の相談には応じますが、金を与えたり貸したりはできません。というより、余分な金はありませんからね。夫、妻、息子さんや娘さん、想《おも》い人などの素行、特に浮気の有無などの調べ事でしたら、それを専《もっぱ》らにしている業者がいるようですから、そちらにご相談なさってください」

「わかりました。ですが、人を不幸にする相談とは」

「その人、例えば昇平さんの悩みを解消することで、ほかの人が不幸になるとか窮地に立たされるような相談には応じられません。途中でそれがわかった場合は、その時点で打ち切らせてもらいます。前金をいただいておれば、お返しすることに」

やや斜め上に顔を向けた昇平は、しばらく思いを巡らせていたようだが、やがてその目を信吾に向けた。

「三つに触れなければ、やっていただけるのですね」

「はい。原則として」

「原則として、ですか」と苦笑し、昇平は少し考えてから言った。「幸いどれにも触れないようです。実は護衛のようなことを頼みたいのですが」

たしかに触れはしないが、昇平はどうやら勘ちがいをしているようだ。

「でしたら、てまえよりも適任の方がおられると思います。お金で引き受ける人がいると聞いておりますが、慶庵《けいあん》で頼めるかどうかはわかりません。だとしても、そういう業者を紹介してくれるでしょう」

慶庵、つまり人入れ稼業は商家や職人の奉公人の周旋をしているが、武家屋敷に中《ちゅう》間《げん》などを斡旋《あっせん》している者もいる。信吾は詳しくは知らないが、護衛や用心棒などを世話し、公《おおやけ》にできぬ輩《やから》を調達する業者もいるはずである。

「金で雇う護衛は、それだけですまぬ場合がありますからね」

昇平はそう言ったが、信吾に頼むとなると金で雇うのとおなじことではないか。信吾の思いを汲《く》み取ったのか、昇平は歯切れ悪く弁明した。

「弱みを握られたりして、のちのち面倒になることが多いらしいので、できれば避けたいのですよ」

歯切れが悪いが、となると後ろめたいことがあるのだろう。まだるっこしくてならない。

「それに関しては、初めに明らかにしておけばいいのではないですか」

「ちゃんと守ってくれればいいですが、ああいう連中は楽して金が得られるとなると、なにをするかわかりませんから」

「そういう目に遭われたことが、おありなんですね」

「いえ。話に聞いたことがありますので」

それに関しての追及は意味を成さない。

「どなたか相談ができるお方は、いらっしゃらないのですか。親兄弟とか」

「身近な者に相談できるようなことではありませんし、単なる護衛として頼むつもりはないのです。実は信吾さんには、相談と絡んでの護衛を願いたく」

だから昇平は、「護衛のようなこと」と言ったのか。相談絡みの護衛であれば引き受けるべきであろうが、どうもすっきりしない。通常、相談屋の看板を見て護衛を思い付く者はいないはずだ。となると、考えられることは一つであった。

「もしかすると昇平さんは、以前に瓦版をご覧になって、てまえのところにお見えになられたのでは」

昇平の顔がパッと明るくなったが、であればわからぬでもない。

「はい、それを思い出しましたので、是非にも信吾さんにと」

思わず苦笑すると昇平はかなり困惑したようである。信吾がなぜ苦笑したかというと、瓦版に取りあげられた出来事のあった舞台が榧寺、つまり正覚寺だったからだ。

境内で信吾がならず者をやりこめたさまが、瓦版に克明に書かれていた。それもあって昇平は、この寺の境内に呼び出したのだろう。

「派手に扱われたので、多くの方が誤解されたようでしてね。てまえは護身を、つまり自分の身を護《まも》る術をいくらか習いはしましたが、人さまを護衛するなどということは手に余ります」

「ですが瓦版には、短刀を振りかざした破落戸《ごろつき》を、アッと言う間もなく身動きできなくしたと」

「瓦版は買ってもらうために、おもしろおかしく、派手に書くものなのです。破落戸が酔っ払っていて短刀を取り落とした、などということは書かれていなかったでしょう」

「えッ、酔っ払っていたのですか」

昇平は見ていて哀れになるほど落胆した。実際は肘の関節を逆に攻めたので、破落戸は九寸五分を握っていられずに落としたのだが、酒を飲んでいたことは事実である。

将棋会所「駒形」の開所一周年を記念しての大会の折、いちゃもんを付けて金を包ませようと、よからぬ思いでやって来た男がいた。勢いを付けるために一杯引っ掛けて来たくらいだから、大した腕の持ち主である訳がない。

金を包めば味を占めて、繰り返しやって来るに決まっている。

将棋会所で騒がれては客の迷惑になるので、信吾は正覚寺の境内に連れ出した。ところが将棋客を主とした野次馬がゾロゾロと付いて来て、その中に瓦版書きの天眼《てんがん》が混じっていたのである。

瓦版には相手の攻撃の繰り出し方や、それに対する信吾の動き、身の躱《かわ》し方や腕を絡め取ったさまなどが、正確に書かれていた。内容に関しては、町奉行所の三廻りだったことのある元同心が書いたので実に詳細だ。

昇平はそれを思い出したのだろう、信吾の言ったことを謙遜、過小評価と受け取ったらしかった。

「ですが瓦版を読むかぎり、とても護身だけの技だとは。相当な修練を積んでいると、書かれていましたよ」

それに関しては弁明せず、信吾は矛先を変えた。

「護衛となると常にいっしょにいなければ昇平さんを護れませんが、ご存じのように、てまえは相談屋だけでなく将棋会所もやっております。相談を受けてその解決に力をお貸しすることならできますが、常にごいっしょする訳にはまいりませんからね」

「わたしが頼んだときだけなら、なんとかしていただけるのではないでしょうか。どこかへ行くとき、あるいはどこかから帰るときにかぎれば。場合によっては、その往復ということもあるかもしれませんが」

「ですが、行くときと帰るときといっても、京大坂《きょうおおざか》とか陸奥《みちのく》などとなりますと」

「いえ、そんな。四半刻《しはんとき》（約三〇分）か半刻（約一時間）、せいぜい一刻（約二時間）くらいのもので」

緊張がひどいようなので、信吾は冗談で笑わして解《ほぐ》そうとしたのである。そのため極端な例を出したのだが、昇平はまともに受け取ったようだ。むりもない。悩みを抱えて相談に来たのだから、そんな余裕はなくて当然だろう。

相当に硬くなっているようだから、揺さぶりを掛けたほうがいいかもしれない。信吾はふと、そんなふうに思った。

信吾があまり乗り気でないからだろう、昇平はなんとも弱り切ったようである。相手にそのような顔をされると、相談屋の看板を掲げている以上、信吾としては無下に断ることもできない。

「先ほど、相談と絡んでとおっしゃいましたね」

「聞いてもらえますか」

表情が一変した。

「いえ、相談に乗れるかどうかはわかりませんが、ともかくお話を聞かぬことには、なんとも申せませんから」

「おっしゃるとおりですね」

そう言ったものの、昇平は一向に切り出そうとしない。相手がいくら困っていようと、こちらとしてはなにも聞かずに、安易に引き受けることはできないのである。

「ご商売、できれば屋号や見世のある町名を教えていただければ、相談に関する話が進めやすいのですが」

昇平はチラリと信吾を見て、俯《うつむ》いてしまった。かなりのあいだ黙ったままでいたが、やがて顔をあげた。

「話さなければだめですか」

「いえ、そうではありません。ですが相談事を伺っているうちに、ご商売や屋号について話してもらうようになることが多いのです。であればむりに伏せずに、最初に明かしてもらったほうがお互いにいいのではと、そう思いましたので」

「そうですか」

と言ったまま、昇平はまたしても口を噤《つぐ》んでしまった。

「話しながら、どうしても必要となったら明かすようにします」

「もちろん、それでけっこうです。お客さまの秘密を絶対に他言せぬを信条に、仕事をやっておりますけれど」

二

「わたしはある商家の長男ですので、ゆくゆくは父の跡を継ぐことになります」

そんなふうに昇平は話し始めた。

普通は八歳くらいから手習所で学び始めて、十二歳くらいで下山（修了）する。昇平はひ弱なこともあって、十歳から学び始めた。しかも途中で何度か、あわせて半分近くも休所せねばならなかったので、下山したのは十五歳と遅かった。

手習所では手習子の能力や進み具合に応じて、往来物（教科書）を与えて学ばせる。登山《とうざん》（入所）が遅く、しかも半分近くも休みながらということを考慮すると、昇平はかなり優秀であるらしい。

「体が弱いこともあったのでしょうが、わたしは随分と甘やかされましてね。そのせいとは申しませんが、内弁慶の甘えん坊になってしまいました。父はこれでは商いの屋台骨を支えられぬと、不安になったにちがいありません。他人の飯を喰《く》ってこいと奉公に出されまして、しかも十年との期限を付けられたのです」

同業であれば特別扱いされたり、遠慮があったりする。しかも将来の商売敵となることもあり得るので、ある程度までしか内情を見せないし、新しいことや特殊な技を教えぬ可能性すらないとは言えない。

父親は知人に頼んで請け人になってもらった。そして「知りあいの息子だが、小僧として仕込んでくれないか」と、まったく異なる業種の商家に、ごく普通の小僧として送りこむよう手配してもらったのである。つまり、商人としての性根さえ叩《たた》きこんでもらえば、あとはなんとでもなると考えたのだろう。

それにしても十年は長いが、甘えん坊の昇平に覚悟させる意図があったからだろうか。

父親はようすを見て、心構えさえちゃんとすれば、五年とか七年程度で切りあげさせる気でいたのかもしれなかった。

「わたしの奉公先では十二、三歳で小僧になる者がほとんどで、手代になれるのは早くて十八歳くらいでした」

ところが十五歳で小僧になった昇平は、十七歳で手代に昇格した。遅く奉公を始めたことからすれば、その見世としては異例の出世だそうだ。

「ところで昇平さん、お時間のほうはよろしいのですか」

お店者《たなもの》の手代であれば、用に出たとしても出先も往復時間もわかっている。もどるのが遅くなれば怠けていると思われるので、そうのんびりはできぬはずである。

信吾が正覚寺に呼び出されたのは昼の八ツ（二時）であったが、相談事となるとどうしても短時間で終わることはない。昇平は気が進まぬようだが、仕事を終えてから母屋に来てもらうか、時間を改めて縄暖簾《なわのれん》などで話しあったほうがいいかと思ったのだ。

「今日は昼から家に用があるからと、許しをもらっております」

昇平は優秀なので、主人が目を掛けてくれているのかもしれない。許可を得ているなら、時間の心配はしなくていいということである。

昇平は話を続けた。

体がひ弱だったので両親、特に母親は心配でならなかったようだが、なぜか奉公にあがったころから昇平は病気をしなくなった。となると、秘められた能力を十分に活《い》かせるということだ。その結果が出世に繋《つな》がったのだろう。

先に奉公を始めた連中のやっかみにより、なにかと辛《つら》い思いをしていることは考えられなくもない。だがそれが護衛に繋がるかとなると、いささか飛躍しすぎという気がするのである。

信吾は昇平が色白でおっとりしているので、田舎出の奉公人ではないと感じていた。商家の跡取りで修業のために奉公に出されたのなら、なるほどと納得できたのである。

「すると昇平さんは手習所を終えた十五歳で、父上に十年の期限を切って奉公に出されたのですね。しかも今のご主人は、昇平さんのご実家の家業も屋号もご存じではない」

「はい。そのはずです」

「異例の出世で、年若《としわか》にもかかわらず番頭に抜擢《ばってき》された」

信吾が不意に番頭という言葉を持ち出したので、昇平がギクリとなるのがわかった。信吾がなぜそんな話を持ち出したのか、どうして番頭に抜擢されたと判断したか、その根拠がわからなかったからだろう。

「えッ、番頭ですって。なぜそのように」

それには答えず、逆に信吾が訊《たず》ねた。

「ところで父上の決めた期限まで、あと何年でしょう」

「二年ですが」

信吾は揺さぶりに、さらなる拍車を掛けることにした。すでに番頭という言葉で、昇平の動揺を誘い出していた。

「十五歳で小僧になったばかりなのに、ほかの小僧さんを差し置いて、十七歳で手代に出世した昇平さんのことです。二十三歳で番頭になってなんのふしぎもない。それが下っ端の、何番目かの番頭であろうとね。大いに喜ぶべきで、悩むことはありません。それなのに相談にお見えになられた。なぜなら番頭に抜擢されたのには条件が付けられていて、一人娘の婿になることだったからです」

昇平は両手をあわただしく振りながら、信吾の言ったことを懸命に打ち消そうとする素振りを見せた。しかし信吾は無視して続けた。特に筋など考えた訳ではないのに、ふしぎなことに次々と話が繋がり始めたのである。

「普通なら天にも昇る気になるでしょうが、昇平さんは頭を抱えてしまいました。その娘が美人で、しかもすなおなだけでなく、震い付きたくなるようないい体をしているからです。しかし、これほど残酷なことがあるでしょうか。なぜなら昇平さんは二十五歳で実家にもどって、あるじになるための修業に励まなくてはなりません。相手が一人娘でなければ嫁にもらえぬこともないでしょうが、一人娘では如何《いかん》ともし難い。奉公先で一人娘の婿にと言われているのに、昇平さんは家を継いで嫁を取らねばならないのですからね。そればかりか、ご両親は何人かの花嫁候補の中から、これぞ息子の花嫁という娘を選び出していた。実家と奉公先の板挟みとなった昇平さんには、手の打ちようがありません。あれよあれよという間に、二進《にっち》も三進《さっち》もいかぬ窮地に追いこまれてしまったのですから」

「なぜそんなことを」

「知っているのかと言いたいのでしょう。知ってる訳がないじゃありませんか。今知ったのですよ」

「今知ったですって」

昇平は目を丸くしていたが、そのうちに呆《あき》れ果てたという顔になり、ついには噴き出してしまった。

「冗談でしょう、信吾さん」

「なぜ冗談だとおっしゃるのですか、昇平さんは」

「だって、そんなことあり得ないでしょう。あまりにも突拍子もなくて、信吾さんの作り話、いや、冗談としか考えられません」

「そうですかね。昇平さんと話していて、てまえにはごく自然にそのようなことが見えたのですが」

「まるで千里眼ですね、本当にそんなふうに見えたのだとすると」

「いいですよね、先のことが見えたら」

「なんですって。ちょっと待ってください」と、昇平は口をあんぐりと開けた。「すると冗談ですか、それも」

「もちろん冗談ですよ」

昇平の驚き顔ったらない。信吾が冗談だと認めるなどとは、思いもしていなかったのだろう。この男はなにを考えているのだと、混乱してしまったようだ。

悩みがあって相談に来たのに、信吾がその客に冗談を飛ばした。となると、果たしてどういう考えでそうしたのかと思わずにいられないはずだ。

真剣に相談に応じる気があるのか、そして悩みを解決できるのかと疑問に思って当然だろう。つまり昇平は、訳がわからなくなってしまったのではないだろうか。

しかし混乱は長くは続かなかったようである。信吾になにかねらいがあって、そうしたにちがいないと思い直したからだろう。表情が、あっという間に鎮まるのがわかった。

境内に入って来た信吾を認めて声を掛けたときとは、そして信吾の繰り出す飛躍を重ねる物語に戸惑っていたときとも、昇平はまるでちがう表情を見せていた。緊張が消えて、顔全体がすっかり柔らかくなっていたのである。おそらくそれが昇平の素顔にちがいない。

「もしかしたら信吾さんは、戯作者《げさくしゃ》になれるのではないですか」

と言いはしたが、信吾はすでにそのことで悪戦苦闘したことがあったのだ。

かつて相談客のために七転八倒の揚句、一つの物語を捏《こ》ねあげたことがあった。ところがほどなく、それが原型となった物語が本になったのである。題して『花江戸後日《はなのおえどのちはる》同舟《のりあい》』で、相談客は戯作者の寸瑕亭押夢《すんかていおしむ》であった。

「寸暇を惜しむ」をもじって筆名にしたのだろうが、少しの暇でなくわずかな瑕《きず》としたくらいだから、かなりの変わり者だ。その後も押夢とは、波乃を交えて付きあいが続いている。

「それにしても、よくそんな出鱈目《でたらめ》な話が、即席で作れますね」

いいきっかけを作ってくれたとばかり、信吾はお道化《どけ》て見せた。

「よくぞ言ってくださいました。両親が東仲町で会席と即席の料理屋を営んでおりまして、即席料理が売り物です」

「宮戸屋さんですね。瓦版にはその跡取りなのに、弟さんに見世を譲って相談屋を始めたとありましたので驚かされました。信吾さんには驚かされてばかりですが、なにより驚かされたのが今の作り話です」

「親が即席料理を得意として弟が引き継ぎ、兄は即席噺《ばなし》を大の得意としております。以後ご贔屓《ひいき》のほど、どうかよろしく」

「畏れ入りました。信吾さんには兜《かぶと》を脱ぐしかありません」

「それもこれも仕事のため。相談にお見えのお客さまの悩みを解消してあげるには、あらゆる場合を想定しなければなりません。実に雑多な、まさかというようなことすら想い描きます。もっともまともなものはほとんどなくて、今の話も出鱈目そのもの。なぜだかおわかりでしょう」

「えッ。なぜ出鱈目かと言われても、なにが出鱈目なのかすぐには」

「今の話だと、どこにも護衛が絡んでこないではないですか。だから出鱈目。つまり昇平さんの相談に絡んでの護衛には、なんのお役にも立ちません。ですが、昇平さんの目を晦《くら》ますことはできました。これも護身術の一つなのですよ。というか、護身術とはそもそもそういうものなのです」

「なんだか、クラクラしてきました」

「はい。てまえのねらいどおりです。護衛も含めた相談は、昇平さんの困りごとを詳しく話していただいてようやく始まります。おわかりですね。双六《すごろく》の振り出しに着いたところで、あとはアガリを目指すだけだということが。ですから昇平さん、ああだこうだとお一人で悩んでいないで、洗い浚《ざら》いてまえに話してごらんなさい。それが楽になる一番の、おそらくたった一つの方法なんですから」

「まさにそれしかないと気付きました。というより気付かされましたよ。それにしても、信吾さんはとんでもない人ですね。その若さで相談屋を続けられるのですから、当然かもしれませんが」

三

「昇平さんの耳に入れといたほうが、いい話があるのだけど」

竹《たけ》に呼び止められてそう言われたとき、昇平はあまりいい気がしなかった。

竹は掃除、洗濯、台所仕事や使い走りをやらされている下女で、若い男と見ると馴《な》れ馴《な》れしく話し掛ける癖があったからだ。それだけでなく、奉公人たちからは尻の軽い女と見られていた。

暗がりで男と口を吸いあっていたとか、夜這《よば》いを掛けたら拒むことなく受《う》け容《い》れたとか、嘘《うそ》か真《まこと》かわからないが、昇平はそんな話を耳にしたことがある。おもしろがって言っていたのかもしれないが、火のない所に煙は立たない。

昇平も、竹が擦れちがいざまに奉公人に尻を撫《な》でられたのを見ている。竹は怒ったり悲鳴をあげたりせず、「厭《いや》な人」と言いながら尻をひと振りして、相手を誘うと言われても仕方のない媚《こび》を含んだ目で睨《にら》んだのだ。

できれば昇平は、そんな竹との関わりは避けたかった。

「いい話なんか、そうあるもんじゃない」

軽くいなそうとすると、それを予測していたように竹が言った。

「今度、初めての集金なんでしょ。昇平さんを困らせてやろうと、企《たくら》んでる人たちがいるんだけどね。あたし、たまたま耳にしちゃったんだ。でも、聞きたくなさそうね」

昇平はなんとか気付かれぬようにしたが、顔が強張《こわば》るのをどうしようもなかった。

信吾はさほど深く考えることなく、昇平が語ったわずかな情報を寄せ集めて推理した。十七歳で手代に出世したなら、二十三歳で番頭に抜擢されても不思議はないくらいの軽い気持で口にしたのだ。それが偶然にも事実で、昇平は番頭になったばかりだったのである。

「世知辛い世の中になったと嘆く人が増えましたが、これまでは買い物はどこもツケが利いて、支払いは年に二度、お盆と大晦日《おおみそか》だけでよかった。それがちかごろでは、月締めの商家が増えています。呉服の三井越後屋《みついえちごや》が現金掛け値なしを始めてから、次第に変わってきたのでしょうけど。ところで竹の言ったとおり、わたしは近く、初めての集金をすることになりましてね」

番頭に昇格したばかりの昇平の、最初のおおきな仕事の一つが集金であった。それをぶち壊しにしようという連中がいるのなら、竹の話を聞かない訳にはいかない。

となればそのままですませる訳にいかず、なんなりと礼をしなければならないだろう。

集金を終えた昇平を困らそうというのだから、金を奪い取ろうというのかもしれない。初めての集金でそんな失態をしでかせば、信用はガタ落ちである。何人かで企んでいるとなると、それなりの対策を立てねばならないということだ。

竹は見返りとして、一体なにを求める気でいるのだろう。甘味処《あまみどころ》での菓子や饅頭《まんじゅう》、また蕎麦屋《そばや》などなら、食べてしまえば残らないのでいいが、品物となると厄介であった。

櫛《くし》とか簪《かんざし》、履物や帯留め、帯締めや小物入れのような物は残るからだ。人目に付けばというより、竹のことだから見せびらかすに決まっている。

すると奉公仲間から「あら、素敵」とか、「いいの持ってるわね、どうしたの」などと訊《き》かれることだろう。竹は自慢たらたら、「ああ、これ。昇平さんにもらったの」と言うにちがいない。

男の奉公人は、「こりゃ魂消《たまげ》た。それにしても昇平が竹に手を出すとはなあ」と、目いっぱい皮肉るに決まっている。女の奉公人は、「昇平さんてちゃんとした人だと思っていたのに、あの竹にねえ」と、以後は冷たい目で見て、満足に声も掛けなくなるだろう。

恥を掻《か》くだけでなく、昇平は立場を喪《うしな》ってしまうはずだ。

そうなる可能性は大だが、竹の話を聞かない訳にいかないのである。昇平にすればなるべく二人きりになりたくないし、会っているところをほかの奉公人に見られたくもない。ところが、その双方を満たすことは極めて難しかった。

強い弱いを言えば圧倒的に竹のほうが強く、昇平は竹の指定した場所で会うしかないのだ。といっても奉公の身であれば、作れる時間はかぎられている。見世に近くなくかといって遠すぎもしない稲荷社の境内で、昇平は竹と落ちあった。

やはり昇平は、稲荷社の名もそれが鎮座する町名も、信吾に明かすことはなかったのである。なにもそこまで隠したり秘密にしたりする必要があるとは思えないが、その伝でゆけば竹も仮名の可能性がないとは言えない。いや昇平にしてからが、本名とはかぎらないのである。

もっともそんなことを言えば切りがないので、信吾は昇平の言った名を信じることにした。ちがっているとわかれば、その時点で修正すればいいだけのことだ。

話す直前に、昇平は相談と護衛の前金としてだろう、信吾にちいさな紙包みを渡した。頭をさげると黙って懐に納めたが、あとで調べると二分金であった。一両の半分である。一介の奉公人にすれば大金だが、老舗商家の御曹司にすれば大した金ではないのかもしれない。

ここに至ってようやく、昇平は竹から聞いた同僚の悪だくみを信吾に話したのである。

信吾は相談客の話を聞くとき、集中してどんな細かなことであろうと聞き逃さないようにしている。問題の解決に直接の関係がないようであっても、どこでどう繋がるかわからないからだ。

そして相手が話しているあいだは、せいぜい相鎚《あいづち》を打つくらいに止《とど》めておく。矛盾や疑問があっても、その都度訊き直すことはしない。なぜなら相手の話す流れを妨げたり、狂わせたりするからである。

昇平を困らせようと相談していたのは平太《へいた》、幸次郎《こうじろう》、乙彦《おとひこ》の三人だが、全員が手代であった。昇平とおない年は乙彦だけで、平太は一歳、幸次郎は二歳年長である。三人とも十二、三歳で小僧となり、十八歳から二十歳ごろ手代に昇格していた。

つまり同年か年下の昇平が番頭に抜擢されたことで、妬《ねた》んでいる連中という訳だ。

昇平は竹から聞いたと言ったが、竹がどこで、どういう状況で盗み聞きしたかは明かさなかった。それが聞けたなら、ちょっとしたことから商いの業種とか、その見世の規模などが判断できたかもしれない。

竹が話さなかったのか、昇平にとって関心があるのは三人の話した内容なので、たしかめなかったのか、竹は話したのに昇平が意図的に省いたのかはわからない。当然だが信吾は、それらについては訊かなかった。

竹との遣《や》り取《と》りから昇平の話は始まった。

「昇平さんは、ただの奉公人なの」

「えッ、どういうことだい」

「幸次郎さんが、どこかの商家の息子さんが修業に来てんじゃないかって。それも大店の御曹司がね」と竹は言ったが、オンゾウシではなくオンゾーシと聞こえた。「でなきゃ、あとから奉公始めて、十七で手代に、二十三で番頭になれる訳がないって。平太さんと乙彦さんも、そうだそうだ、そうに決まってるって言ってた。妬んでんのよ、あの人たち」

「おいら、ただの奉公人だよ」

うっかり「わたしは」と言いそうになって、昇平はなんとか「おいら」と言ったが、慣れないこともあって、背中がこそばゆくてならなかった。

「ほんとは御曹司なんでしょ。女の人たちも言ってるもんね。おおらかでおっとりして、ほかの奉公人とはどこかちがうって」

「おおらかとかおっとりしてると言ってくれるのはうれしいけど、のんびりしてるからそう見えるんじゃないの」

「そうじゃないわよ。だからみんな、色目使うのよ」

昇平も、なんとなく気配を感じないことはなかった。奉公女たちは昇平に気に入られれば、商家のおかみさんになれるとでも思っているのだろうか。たとえ跡継ぎでなくても、次、三男坊なら暖簾分けしてもらえるかもしれない、などと。

それで女たちが昇平の気を惹《ひ》こうとしているとなると、幸次郎たちはますますおもしろくないはずだ。

「なにからなにまで気に喰わないってことか。だから集金のときに困らそうと思ってるとしても、一体どの集金だろう。おいらは三つ任されているけど」

「夜だよ。夜しかないもの。三人とも昼間は仕事だから、どうにもできんでしょう」

「となると足立屋《あだちや》のご隠居さんだな。人通りのない道を通らなければならないし」

「その道に、太い赤松が生えていない」

「赤松かい。あるよ」

「だったら、そこ。待ち伏せするなら赤松でって言ってたから」

足立屋のご隠居は隠居はしたものの、財布の紐《ひも》は握ったままで放そうとしない。娘婿が頼りないせいもあるのだろう。

だから集金は、隠居所まで取りに行かねばならなかった。しかも晦日の、暮れ六ツ（六時）から五ツ（八時）のあいだと指定されている。

「ありがとう、お竹さん。気を付けるようにするよ。お礼をしなきゃあね」

「いいわよ、お礼なんて」

「そうはいかない。大変なことを教えてくれたんだもの」

「昇平さんは、あたしがそんな女だと思ってるの。あたしはひどいやつらに昇平さんが困らされるのが、見てられないから教えてあげただけよ。お礼なんて、とんでもない」

「そうもいかない」

鵜呑《うの》みにしてなにもしなかったら、あとでひどい目に遭わされるのがわかっている。

「そんな女」だからこそ、礼を持ち出したのだ。

昇平は見世の女たちが贅沢《ぜいたく》だと言っている、有名な老舗の菓子の名をいくつか挙げたが、竹は首を縦に振らなかった。そのもぞもぞした動きから、「だったら抱いて」と言われるのではないかと、昇平は内心ハラハラしていたのである。

「そこまで言ってくれるなら」

なんとしてもお礼をと繰り返していると、竹が根負けしたように言った。品があとに残るのはやむを得ないが、こうなれば櫛でも簪でも、ええい笄《こうがい》でもかまわない。ただし、「だったら抱いて」とだけは言ってくれるな、と昇平は祈った。

「花の露、なんだけど」

女の人の憧れの化粧水で、値段は知らないが名前は聞いたことがあった。

菓子とまではいかないが、昇平にとってこれほどありがたいことはない。化粧品なら使い切れば残らないからである。使っているあいだは、昇平が買ってくれたと自慢するかもしれないが、だとしてもいつまでも残る訳ではないからだ。

話に一区切りが付いたので、信吾は仕事の話を進めることにした。

昇平の相談は自分の置かれた状況を説明して、あとは護衛を頼むということなので、心配したほど難しくはない。もっとも三人が、追剝や辻斬《つじぎ》りをやってるような物騒な男を雇っていないか、確かめる必要はあるだろう。

「集金は晦日とのことですが、近く、初めての、とおっしゃった。いつでしょう」

「今月でして」

「三日後ですね。赤松がある通りは、どこの町にありますか」

四

「ちょっと待ってくださいよ、信吾さん。そのまえに、わたしの考えていることも聞いてもらわないと」

「そうでしたね。失礼しました」

「瓦版が出たすぐあと、たくさんの野次馬が将棋会所に詰め掛けたでしょう」

「ええ、驚くほどの人が」

「わたしも野次馬の一人でしたが、あれほど驚いたことはありません」

「よくもこんなにと思うほど、集まりましたからねえ」

「信吾さんを見て驚きました」

「てまえを、ですか」

「背格好や体付きが、わたしにそっくりだからです」

昇平も信吾とおなじことに気付いていたのだ。昇平の考えが読めた信吾は、思わず微笑《ほほえ》んでしまう。

「声の質も似ていますよ、てまえと昇平さんは。低めですがよく通る声ですからね」と、ひと呼吸おいて信吾は言った。「信吾さんを見て驚きました。背格好や体付きが、わたしにそっくりだからです」

真ん丸に見開いた目が、まるで飛び出さんばかりであった。昇平が言ったばかりの言葉を、声色で再現してみせたからだ。

竹輪の友とは言葉遊びだけでなく、声色ごっこでも遊んだものだった。ほかの三人には太刀打ちできないほど、信吾の声色はその人物の特徴を出せたのである。

「昇平さんのお考えは。身代わりというか、入れ替わりでしょう。護衛のようなことと曖昧にしたのは、身代わりになってくれと頼めば、断られると思ったからじゃないですか。歯切れが悪く感じられたのは、そのためだったのですね」

その判断は図星だったようだ。昇平はすがり付くような目で信吾を見た。

「信吾さんは、断るおつもりですか」

「ここまで打ち明けられて、今さら断れないでしょう、相談屋として」

引《ひ》き攣《つ》っていた昇平の顔が、一瞬にして輝いた。

「となると、どういう手順でやるかですが」と言ったが、信吾はすぐに続けた。「ご隠居さんの家にてまえが先に行って、やって来た昇平さんと着物を取り換える。羽織はなるべく派手めのにしてください。そのほうが目立ちますから、三人が見まちがえるはずがありません。集金は六ツから五ツのあいだとおっしゃいましたね。六ツ半（七時）にしてくれますか。すっかり暗くなってからのほうが、入れ替わったのがわからないですから。てまえが昇平さんに成りすまして帰ると、赤松のところで棍棒《こんぼう》を持った三人が襲い掛かります。それをてまえが痛め付ける、いや追っ払うってことですね。昇平さんをどこかの商家の御曹司と思っているから、棍棒とか杖《つえ》で十分と舐《な》めてかかって、刃物は用意してないでしょう。扱い慣れてないだろうから、自分が怪我《けが》しちゃかなわないですからね。声色は使うとしても、口数は少ないほうがいいな。調子に乗るとボロが出ますから。だけど、てまえが昇平と知ってのことですか、くらいは言いたいじゃないですか。三人の名前を呼んでやりますか。驚くだろうな。礼儀正しく齢《とし》の順に呼びますかね。幸次郎、平太、乙彦、だれからでもいいから、掛かってきやがれって」

「いや、すごい。信吾さん。なんでわたしの考えていることがわかったのですか。なにからなにまでそのとおりですよ。派手めの羽織のことは、思い付きませんでしたが」

「話の流れで読めますよ。相談屋をやってると、自然とそうなるのです」

嘘である。それができれば苦労はない。

ところで信吾は、ちょっとしたことだが事実をたしかめることができた。昇平だけでなく、三人の手代が仮名とか偽名でなくて本名だったことである。

昇平だと名乗って三人の名を呼んだが、昇平や相手の手代の名がちがっていては、入れ替わって身代わりになったことが意味をなさない。三人はなぜ自分たちが幸次郎、平太、乙彦と呼ばれたのかさえわからないからである。名がちがっていれば昇平は訂正しなければならないが、訂正はなかった。

信吾は竹輪の友たちと言葉遊びに耽《ふけ》ったことがあったからか、人に較《くら》べると言葉にずっと敏感になっている。それが相談屋を開いたことで、さらに進んで過敏と言っていいほどになった。

昇平が悪だくみの三人の名を挙げたとき、信吾の頭の中では三人が甲乙丙に置き換えられていた。

幸次郎＝甲、乙彦＝乙、平太＝丙、である。

だがそれは深読みというか、無意味な読みすぎであったようだ。全員本名のままであったが、考えてみれば当然かもしれない。高が奉公人、それもよく知られた老舗の大番頭ならともかく、手代の名から商売や屋号の見当が付けられる訳がないのだ。

これまで人名、地名、町名、屋号などを仮名や偽名で言った相談客が多かったので、つい気を廻してしまったのだろう。

「となると昇平さん、赤松が目印の通りがどの町にあるか、明かしてもらわねばなりませんね」

「もちろん、お話しします。護衛、じゃなかった、身代わりになってもらわねばならないのですから」と言ってから、昇平は悪戯《いたずら》っぽい目を信吾に向けた。「だったら、信吾さん。今一つ、わたしを驚かせてくださいよ」

「えッ、どういうことですか」

「身代わりというか入れ替わる件で、その手順まで明らかにし、わたしの度肝を抜いた信吾さんなら、これまでの流れで足立屋の隠居所のある場所、あるいは町名を推理できるのではないですか」

「そんな無茶な。だって江戸は広いのに、なに一つ明らかではないのですよ。近くを大きな川が流れているとか、そこから富士山が見えるとか、ほんのわずかな示唆といいますか暗示でもあれば」

「あります。実に明確なことが」

言われて頭を急回転させてみたが、なにも浮かびあがってこない。

「路傍《みちばた》に太い赤松が生えている人通りのない道、ここまで明らかになれば、めおと相談屋の信吾さんなら」

「と言われても江戸は広いし、赤松なら一里塚や追分だけでなく、至る所に植えられています」

「ただの赤松ではありません。太い赤松ですよ、人通りの少ない道の傍らに」

うーん、と呻《うめ》きながらも、信吾はほんのわずかな手懸かりが、いや情景が浮かびあがるのを感じた。

「めおと相談屋ということは、当然奥さんと二人でやってらっしゃる。その奥さんの助けがなければ、さすがの信吾さんもお手上げですかね」

昇平が痛い所を衝《つ》いてきた。信吾が苦悶《くもん》しているのがうれしくてならないというふうに、顔に笑いが拡《ひろ》がってゆく。

「あそこだ。そういえば、太い赤松が生えていたじゃないか」

声に驚いた昇平が見たとき、信吾は爛々《らんらん》たる目で空《くう》の一点を睨んでいた。

信吾の脳裡《のうり》には、路傍に太い赤松が生えた人通りのない道が浮かびあがっていたのだ。

大川の左岸、吾妻橋の少し上流に、長大な塀に囲まれた水戸家の御下屋敷がある。さらに上流に三囲稲荷社、牛の御前、桜餅で知られる長命寺《ちょうめいじ》などがあり、一帯はとてものどかであった。

桜並木で有名な向島《むこうじま》の墨堤《ぼくてい》、その東側の寺島《てらじま》は松の名所として知られていた。赤松の巨木が聳《そび》え立つ屋敷があるし、農道に沿った松並木があちこちにある。寺島は閑静な地ということもあって名の通った料理屋、風流人の庵《いおり》、商家の寮などが点在していた。

信吾は浅草黒船町の借家で将棋会所「駒形」を開いているが、その家の家主甚兵衛は豊島屋《としまや》の隠居であった。豊島屋の寮が寺島にあって、十代だった信吾は、月に二、三度は甚兵衛に呼ばれて将棋を指しに出向いていた。

二十歳になって「よろず相談屋」を開いたが、それだけでは食べていけないので、甚兵衛の助言もあって将棋会所を併設したという事情がある。

長命寺よりさらに上流に白鬚《しらひげ》神社があるが、その東の少し南寄りに厄除《やくよけ》弘法大師の蓮《れん》華《げ》寺《じ》がある。江戸切絵図の「隅田川向島絵図」には、「此辺松ノ名所ナリ」とあって、絵図に松の並木が描かれているほどだ。

豊島屋の寮からの帰り、信吾は農道を通って長命寺の塀沿いに墨堤に出、下流の吾妻橋へと向かうことが多かった。その途中に太い赤松が聳えていた。人通りは少なく、特に夕刻になると滅多に人は通らない。まさに「路傍に太い赤松が生えている人通りのない道」なのである。

「昇平さん」

信吾の声に厳《おごそ》かな響きが籠っているかのように、呼ばれた昇平は思わずというふうに背筋を伸ばした。

「は、はい」

緊張し切った返辞が微《かす》かに震えている。

「向島の寺島村の長命寺、寺の北側を農道が東に伸びています」

「は、はい」

まるで御神託を告げられる人のように畏《かしこ》まっているのが滑稽で、信吾は笑いをこらえるのに苦労した。

「長命寺の北側を東に伸びる農道の、寺から五町（約五四五メートル）ほどにその赤松はあります。ということは足立屋のご隠居さんの隠居所は、赤松から三町（約三二七メートル）ほど、せいぜい五町以内にあるのではないですか」

昇平はポカンとおおきく口を開けて、虚《うつ》ろな目で信吾を見ている。いや顔を向けているだけで、見てはいないのだろう。

「どうなさいました、昇平さん」

「…………」

「昇平さん」

おおきな声で呼び掛けられて、昇平は目を白黒させた。

「なぜわかったのですか、信吾さん。一体どんな術を使って割り出したのでしょう」

「てまえの言ったことは、ちがっていなかったのですね」

「まさにおっしゃったとおりですが」

「路傍に太い赤松の生えた人通りのない道にピタリなのは、そこしか考えられなかったのです」

「それにしても、今日はまったくなんて日なんだろう。最初から驚かされてますが、最後が一番、心の臓にこたえました」

「一つ、いいことを教えてあげましょうか」

「えッ、まだなにかあるのですか」

「お竹さんに贈る花の露ですが、名は知っていても値段は知らないとおっしゃった」

「ご存じなのですか、信吾さんは」

「聞いたことがあります。花の露だったか、それとも江戸の水か曖昧ですが、両方とも女の人にひっぱりだこの化粧水で、それほど値段は変わらないと思いますよ」

「高いのでしょうね」

「四十八文です」

信吾はそう答えたが、昇平は信じられぬという顔になった。

「まさか。だって、それじゃ蕎麦三杯分じゃないですか」

掛蕎麦が十六文なので、たしかに三杯分との計算だ。竹は花の露がほしいと言ったが、下女にとっては四十八文を工面するのも簡単ではないらしい。

「ええ。ですが、ほんの少ししか入ってないのではないですかね。蝶《ちょう》の吸うほど手のひらへ花の露、との川柳があるくらいですから」

「蝶の吸うほど、ですか。どのくらい吸うのでしょう」

「刷毛《はけ》にて少しばかり面《かお》に塗れば、と書かれているそうですよ」

「刷毛のおおきさをご存じですか、信吾さんは」

「知りたいですね」

「蝶の口って、ちいさいのでしょう」

「と思います。細い細い管になっていて、使わないときはくるくると巻いていますよ」

「雀《すずめ》の涙と較べたら」

「昇平さんは妙なものに譬《たと》えますが、いくらなんでも、雀の涙のほうが多いんじゃないですか」

「蚤《のみ》の涎《よだれ》なら」

「また変なものを出してきましたが、蚤が涎を垂らすのを見たことがあるのですか、昇平さんは。というより、蚤に涎なんかあるのですか」

「蚤は人の生き血を吸います」

「ええ。人蚤は人の、猫蚤は猫の、犬蚤は犬の、猿蚤は、……きりがないですけど」

「人蚤が若い女の人の餅肌、血の管が透き通って見えるような柔肌を見たら、涎を垂らすのではないですか」

「蚕よりも、昇平さんのほうが涎を垂らしそうですね。おっと、そこまでにしましょう。もっと大事な、晦日のことがまだでした」

「いけない。うっかり」

昇平は苦笑いしながら頭を掻いた。うっかりはいいとして、うっかりしすぎである。信吾は一年半ほどこの仕事を続けているが、相談を受けてからこれほどのんびりとした時間を持てたのは、初めての経験であった。これで相談料をもらっても、いいのだろうかと思ったほどだ。

ともかく晦日に、二人が少しずらして足立屋のご隠居の隠居所に出向く時刻や、そのまえに昇平がご隠居に手筈《てはず》を話しておくことなどを確認した。また信吾は幸次郎、平太、乙彦の特徴、背丈や、太いか細いか、また声の質や、その他について細かく聞いておいた。

太い赤松の傍で三人に襲われたとき、啖呵《たんか》を切ることになるだろうが、そのとき名前をまちがえては、すべてがぶち壊しになるからである。

五

波乃と仮祝言を挙げて最初の夜、つまり新婚初夜に、二人は互いに隠し事をしない約束をした。

「めおと相談屋」に改めたため、二人で客の相談に応じることが多くなるだろうが、信吾も波乃も単独で仕事を受けることがある。お互いが受けた相談について、包み隠さず話すことにしていた。

すべてを打ち明けると言っても、波乃が不安になるようなことについては、信吾は控え目にしていた。例えば波乃といっしょになるまえ、なにも知らずに相談に応じたため、ある大名家の家督相続争いに捲《ま》きこまれたことがあった。何度も身に危険が及んだが、それについての具体的な話は避けたのである。

護衛のようなものが身代わりの入れ替わりに変わった昇平の相談を、信吾は波乃にすっかり話した。そのため蝶の口と雀の涙のうちはまだよかったが、蚕の涎に至ってついに笑い上戸の波乃の、笑いの箍《たが》が外れてしまったのである。

ただ一つ懸念していたのは、三人の手代が物騒な男を雇わないかということだが、それがあり得ないことは明白であった。昇平が信吾に相談したことを、三人は知りもしないからである。知っていてもそんな無駄はしないだろう。集金帰りの昇平を長命寺近くの赤松に隠れて待ち伏せ、黙って襲うだけのことなのだ。

素人の棍棒くらいなら難なく躱せるが、信吾は念のため懐に鎖双棍《くさりそうこん》を忍ばせることにした。

鎖双棍は南方から伝わったとされる、ヌウチクともヌンチャクとも呼ばれる双節棍《そうせつこん》を改良した護身具である。

双節棍は長さが一尺(約三〇センチメートル)ほどで、太さが一寸(約三センチメートル)ぐらいの二本の棒を短い革紐で繋いだものだ。片手あるいは両手で自在に操って身を護るが、もちろん強力な攻撃力を持つ武器ともなり得る。

鎖双棍は太さはおなじくらいだが五寸(約一五センチメートル)と短い二本の棒を、一尺五寸(約四五センチメートル)の鋼の鎖で繋いである。双節棍よりずっと軽く、折り畳んで細紐で縛って懐に忍ばせることもできるので、護身具としてはより優れていた。

巌哲《がんてつ》和尚から鍛錬法「ブン廻し」を教えられたときには、信吾はできる訳がないと思っていた。

ブン廻しは、棒の片方を握って頭上で円を描くように振り廻す。鎖ともう一方の棒が一直線となって猛烈な速度で回転するために、一枚の円状の板、円盤としか見えなくなるほどだ。

最初は繋がった鎖の環《わ》の一つ一つが見分けられる速さで廻し、確実に見えるようになると次第に速めてゆく。巌哲はしっかり見ることがすべての基本で、その鍛錬を続けると相手の動きが自然と見えるようになると言った。だが信吾は半信半疑だったのである。

巌哲和尚が言ったのはこのことかと信吾が実感したのが、開所一周年記念将棋大会の折の出来事だ。正覚寺に信吾を呼び出した昇平が「護衛のようなこと」を頼んでほどなく、瓦版に書かれていたことが話題となった。そのとき軽く触れた破落戸と信吾の攻防を、少し詳しく示しておくと次のようになる。

破落戸が不意に信吾の顔面をねらって拳を叩き付けたので、それを見ていた野次馬たちは悲鳴をあげた。拳が顔面にめりこんで鼻柱が折られたか、でなくとも派手に鼻血が噴き出すだろうとだれもが思ったからだろう。ところが信吾がひょいと身を躱しただけで、相手はたたらを踏んで足をもつれさせ、憤怒の形相となった。

周りの者には不意討ちに見えただろうが、信吾はその一部始終をしっかりと見ていた。相手がゆっくりと握り拳を固め、それを押し出して来たのが見えたのだ。それを躱せぬ訳がない。

怒り狂った男が懐に入れた手を、信吾が一瞬の間もなく身を寄せて押さえた。同時に相手の指の関節を逆に取ったのである。そしてここではお客さんに迷惑が掛かるので、梱寺で話を付けませんかと言ったのだ。

境内に移ると、破落戸は不意討ちの蹴りを入れた。信吾が簡単に躱すと、隠し持った九寸五分を抜くなり心の臓をねらって突き出した。

刃物の煌《きら》めきにさらにおおきな悲鳴が起きたが、そのときには腕の関節を逆に取られた相手は短刀を落とし、身動きができなくなっていたのである。まさに電光石火の早業《はやわざ》であった。

信吾にとって破落戸の動きは、盆踊りよりもゆっくりと見えた。であれば、どんなふうにでも処理できるということである。

巌哲の言った、見ることがすべての基本ということの意味を、そのとき信吾は身に染みて感じたのだった。以来、鎖双棍のブン廻しを怠ることはない。

晦日の夕刻。

早めに蕎麦を手繰《たぐ》って腹を満たした信吾は、暮れ六ツの時の鐘が鳴るより早く、鎖双棍を懐にして足立屋のご隠居の隠居所を訪れた。

「信吾さんですな。お待ちしておりました。鈍牛《どんぎゅう》でございます。……足立屋の隠居ですよ」

言い直したのは信吾が怪訝な顔をしたからだろう。鈍牛はご隠居の号らしいが、信吾は昇平から聞いていなかった。鈍牛は五尺くらいのごく普通の背丈で中肉、揉《も》みあげや頭髪には白い物がかなり混じって、ほとんど半白と言ってよかった。

驚いたのは、体格がよくて眼光の鋭い二人の男が、鈍牛の斜めうしろ左右に控えていたことである。

昇平は、隠居はしたものの財布の紐は握ったままだと言っていた。集金のお店者も隠居所に取りに来るくらいだから、こちらに金を置いているということだ。年寄り、と言っても五十代の半ばか還暦まえくらいだろうが、年寄り一人では物騒なので、用心棒として常時侍《はべ》らせているらしい。

「信吾でございます。どうかよろしくお願いいたします」

「なるほど昇平にそっくりですな、背格好から体付きまで。やって来られるのを拝見しておりましたが、足の運びは昇平とは明らかにちがっとりました」

鈍牛が斜めうしろに控えた男たちを見ると、二人は黙ったままわずかにうなずいた。

迂闊《うかつ》なことを言う訳にいかないので、信吾は軽く首を傾げた。

「武芸者の足の運びでしたが、素人にゃわかりゃしない。夜目、遠目、笠《かさ》の内と言いますな。もっとも本来は大抵の女人なら、夜か、遠くから見るか、笠の内であれば、美人に見えるとの意味らしいですが。信吾さんなら、陽《ひ》が落ちてからの寺島辺りじゃ、夜目遠目で、だれだってまちがえて昇平だと思うにちがいありません」

それに対しても、曖昧に微笑しておく。

「では、あちらへ。茶を飲みながら、あれこれ聞かせていただきましょう」

足立屋のご隠居に話は通しておくと昇平は言ったが、一体どこまで話したのだろうか。昇平にそっくりということは、身代わりになることを聞いていれば当然のことだろう。

足の運びが武芸者らしいと言ったのは、昇平が瓦版に取りあげられたことを話したのを踏まえてのことにちがいない。

信吾は早めに出向いたのに、鈍牛は門のまえで待ち受けていた。茶を飲みながらあれこれ聞かせてもらいたいということは、やはり半年ばかりまえに江戸の町を騒がせた武《ぶ》勇譚《ゆうたん》を聞かせろとのことのようだ。

瓦版が出てからおなじことを繰り返し話したのでいささか閉口だが、これも相談料のうちと思うしかない。といっても昇平からは、前金の二分しか受け取っていないのだが。

その昇平は六ツ半ごろにやって来て、信吾と着物を取り換えることになっている。半刻あまりの辛抱であった。

こういうことになるなら両親や祖母に、鈍牛こと足立屋のご隠居について訊いておくのだったと、信吾は少し後悔した。江戸で知られた料理屋のあるじ、女将《おかみ》、大女将なら、おそらく知らぬことはあるまい。信吾は昇平と待ちあわせて着物を取り換える場所に、隠居所を使わせてもらう、くらいにしか考えていなかったのだ。

鈍牛は、昇平から信吾についての予備知識を得ているだろうに、こちらは白紙なのである。せめて足立屋の家業と、鈍牛がいかなる人物かの概要だけでも訊いておくべきであった。後悔先に立たず、である。

こうなれば成り行きにまかせるしかないではないか、と信吾は肚《はら》を括《くく》った。

ところが武勇譚ではなく、信吾がなぜに江戸では初めてとなる相談屋を開こうと思ったのか、を鈍牛は訊いてきた。

となると三歳時に三日三晩高熱に苦しめられ、医者が匙《さじ》を投げるほどの大病だったのに奇跡的に生還できたこと。自分には世のため人のために成すべきことがあるので生かされたはずだ、と思うようになったことを順に話した。

そのため「よろず相談屋」を開いたが、経験のない若僧に仕事を頼む者はいないだろうから、実績を積みあげるしかない。十年も頑張れば多少は相談客もあるだろうが、まず食べて行かねばならないので、趣味を活かして将棋会所を併設したことなどを話す。以後も鈍牛は相談客に接するについて心掛けていること、相談を受けるべきかそうでないかの基準をどうしているか、などを訊いてきた。

信吾は鈍牛に受け答えしながら、おなじような経験を何度かしたことを思い出していた。

大名家の江戸留守居役たちの集まりに呼ばれたときも、そうであった。瓦版に派手な取りあげ方をされた若者の話を、聞いてみようではないかとの趣旨だったらしい。ところが質問のほとんどは武勇譚に関してでなく、なぜ相談屋を開こうと思ったのかとか、信吾の考え方や生き方に集中したのである。

また老舗商家のご隠居の席に呼ばれたときも、話題はおなじようなものであった。

女性の席に招かれたときはべつで、若くとも、そこそこの齢でも、老女でも、なぜか決まって野次馬的質問になった。瓦版に書かれた内容の一つ一つについて、少しでも詳しく、事細かに知りたがり、その折々に信吾がどう感じたかを訊かれたのである。

どうやら女性たちは、血湧き肉躍る話を聞いて興奮したかったのではないだろうか。そして瓦版で騒がれた信吾と親しく話したことを、友人知人に自慢したかったのである。また関連して、武芸をいかに身に付けたのかなどと、そのようなことばかりであった。

家族の会食に呼ばれるのは、ほとんど娘や妻が親や夫に頼んでとなる。そのため興味本位であることに変わりはない。家族の席に呼ばれるときは、かならずと言っていいほど着飾った娘がいた。事と次第では信吾を婿に、と考える親や娘もいたのかもしれない。

しかし男の、そこそこの年齢とかある程度の地位にいる者は、興味の持ち方がちがっていた。信吾の考え方、物事の捉え方、生き方そのもの、窮地に陥ったときの対処の仕方などに質問が集中した。

受け答えしているうちにわかったのだが、鈍牛は昇平の父親と親しかったのである。昇平を呼び捨てにしていたのは、子供時分から知っていたからだったのだ。

実は鈍牛は信吾の父正右衛門のこともよく知っていたし、瓦版も読んでいた。それが正右衛門の息子であることは当然として、江戸で初めて相談屋を開いたことも知悉《ちしつ》しており、信吾には強い関心を持っていたのである。

今にして思うと、少し考えれば十分に可能性があると気付いたはずだ。ああ、まだまだ自分は未熟、駆け出しでしかないと苦笑するしかない。

昇平がやって来て、集金に関してちょっとした事情があるので、隠居所で着物を着替えさせてもらいたいと頼んだ。経緯《いきさつ》を聞かされた鈍牛は、その相手が正右衛門の息子だと聞いて驚いた。そのため相談屋のことなどを詳しく知りたくて、会うのを楽しみにしていたらしいのである。

門のまえで待ち受けていたのはそのためだった。ところが自分が正右衛門と親しいことには触れず、聞きたいことをほぼ聞き、ほどなく昇平がやって来るころになって、初めて打ち明けたのだ。

なにも知らずにやって来た昇平は、集金を終えた礼を言って鈍牛に受け取りを渡した。そして信吾と昇平は示しあわせていたとおり、着物を取り換えたのである。

礼を言って出て行こうとする信吾に、鈍牛が呼び掛けた。

「ところで昇平」

昇平の着物を着た信吾を昇平扱いしているとわかったので、信吾も調子をあわせた。

「なんですか、鈍牛さん」

「三人を軽くあしらったら、もどって来なさい。酒を酌み交わしながら、武勇伝を聞かせてもらおうじゃないか」

「残念ながらそれはできません、鈍牛さん。てまえは向島の寺島で、足立屋のご隠居さんから集金したんです。すぐに見世にもどらないと、主人、女将、番頭たちが心配しますから。特に初めての集金です、途中で落としたり掏《す》られたりして、見世にもどるにもどれないのではないかと心配を掛けてしまいます。内気で気の弱い昇平だから吾妻橋から身を投げるかもしれないが、だとしたら親に申し開きができない。手の空いている者は総出で、昇平を迎えにお行き。大木があれば首《くび》吊りがないか、堀や川には身投げがないか、よっく気を付けるんだよ。なんて、大騒ぎになるにちがいありません」

「こりゃ、見事に一本取られましたな、信吾さん」

「鈍牛さんも耄碌《もうろく》されましたね。てまえは昇平ですよ。それに信吾さんこそ、一刻も早く家に帰らないとならないのです。祝言を挙げてほどない若妻に、昇平さんの集金に護衛として出掛けると言ってあるそうです。今頃は気を揉みながら待っておることでしょう」

鈍牛は入れ替わった信吾と昇平を交互に見ていたが、やがてひと声ブホッと梟《ふくろう》のような声を出した。

「さらに一本、続けざまに二本連取されました。しかし信吾さん、昇平になった、若妻のおられる信吾さん。どうです、戯作者になれば。あなたならまちがいなく評判を呼ぶと思いますがね」

言われた信吾は昇平を見て、それから二人で腹を抱えて笑い出した。

「ごめんなさい、鈍牛さま」と、笑いながら信吾は言った。「つい先日、昇平さんに言われたばかりなんですよ、おなじことを」

「これで三本。さすがの鈍牛も完敗ですわ。となりゃ日を改め、なるべく早く三人で会って、聞かせてもらうとしましょう。ハハハ、年寄りはせっかちだからいけませんな。どうか勘弁を願いますよ」

ということで信吾と昇平は隠居所を辞したのだが、鈍牛の背後の左右に控えた二人の男は、終始苦虫を噛み潰したような表情を、変えることがなかった。

六

鈍牛の隠居所には二人の男のほかに、中年の夫婦が住みこんでいる。女房が炊事と洗濯や針仕事を、亭主が荷物の片付けや薪割《まきわ》り、水運びなどの力仕事、草抜きなどの雑用を受け持っていた。

晦日の夜なので闇夜である。信吾も昇平も提灯《ちょうちん》を持って来たので、女房に手燭《てしょく》の火を移してもらった。

信吾は木刀の素振りのほかに、棒術と鎖双棍の型と連続技を毎夜繰り返している。また毎朝、鎖双棍のブン廻しで視力を鍛えているので、星月夜《ほしづくよ》であれば提灯はなくてもさほど不自由はしなかった。

しかし今夜にかぎっては提灯がなくてはならないのである。自分のためではなく、赤松の傍《そば》で待ち伏せしている三人に、昇平の羽織を着た男が近付くのをわからせなければならないからだ。

隠居所を出るとほどなく二人は別れた。

信吾が長命寺の北側を通って墨堤に出るのは、多少曲がってはいるものの一本道であった。

昇平のほうは南に道を取り、その先にある広い堀に架けられた橋を渡る。料理屋「大《だい》七《しち》」と秋葉山のあいだの道を抜け、その先で右に折れて南西に進む。ほどなく合流した道を真《ま》っ直《す》ぐ行って、水戸家の御下屋敷の長大な塀に沿った道を西に辿《たど》れば墨堤で、南に道を取ればほどなく吾妻橋であった。

しかし昇平は下流の吾妻橋ではなく、上流に向かうことになっている。一仕事終えた信吾と落ちあうためであった。

信吾が歩く道の叢《くさむら》では、秋の虫がしきりと鳴き交わしている。圧倒的に多いのはコオロギだが、時折スズムシの澄み切った声や、控え目なマツムシの鳴き声が混じるのがうれしい。虫たちは信吾の足音が近づくと鳴き止《や》み、通りすぎてしばらくすると背後で鳴き始めるのであった。

やがて前方、道の左側に太い赤松が感じられるようになった。鍛えた信吾であっても見える訳ではない。ただ星月夜の明るさ、というより暗さでは物の輪郭まではわからないが、そこに巨木があることはわかるのである。

幹が太く、高い位置に横枝を張った赤松があることが感じられた。

信吾は赤松の五間（約九メートル）ほど手前で歩みを緩め、ほどなく立ち止まった。こちらからは見えないが、向こうからは提灯を提げた信吾が見えているはずである。そして三人にとって、それは信吾ではなくて昇平なのであった。

幹の辺りでなにかが動いた。見えはしないが空気が揺れたように感じられたのだ。そして一瞬だが目が光った。きょろきょろしているため、提灯の幽《かす》かな灯《あか》りが目を捉えて光らせたのである。

「てまえを昇平と知っての、待ち伏せのようですね」

緊張のせいだろうか、昇平の声色となったかどうかの自信はない。しかし闇夜に待ち伏せされて、まともな声が出る訳がないのだ。

予想どおり返辞はなかった。もちろん信吾にしてもあるとは思っていない。ただ、動揺するのは感じられた。当然かもしれない。三人は昇平が声を出す、いや待ち伏せに気付くなどとは思いもしていなかったはずだからである。

であれば一気に優位に立つべきではないか。信吾は提灯の柄を左手に持ち変えると、右手を懐に差し入れ、折り畳んだ鎖双棍を縛った細紐を解いた。そして取り出すなり、ブン廻しを始めたのである。

赤樫《あかがし》の棒と鋼の鎖が、ヒュンヒュンビュンビュンと空を切り、すさまじい音を立てる。その音を聞いただけで三人は震えあがっているはずであった。

そこで止めを刺す。

「幸次郎、平太、乙彦。この万能鎖の威力を見せてやろう」

見えないが感じることのできる路傍の木をねらって、信吾は鎖双棍をブン廻した。ベキッという音とともに、生木か枯れ木かわからないが、枝が吹き飛ぶのがわかった。

「いいか、幸次郎、平太、それに乙彦。このまま黙ってもどり、黙り続けられるなら、わたしも黙っててやろう。そのかわり、ちょっとでも変な真似《まね》をすると旦那さま、奥さま、番頭さんにぶちまけてやる。どうする。この万能鎖は何匹もの犬の頭を打ち砕いたのだ。おなじようになりたいのか。なりたくなければ、だまって見世にもどり、あとはなにも言うな。わかったか」

「わ、わかった」「言うとおりにする」「旦那さまと奥さまには、言わないで」「許してください、昇平さん」「てまえは昇平さんの子分になります」「あ、てまえも」「おなじく、です」と、三人はまるで競うように言った。

「あれ、変だなあ。どうも変だ」と、昇平になった信吾は惚《とぼ》けた。「なんだか急に変になって、なにもかもぼんやりしてる。忘れちまったみたいだな。あッ、もしかしたら、番頭さんが言ってたのはこのことかな。なんだか、ぽっかり忘れることがあると言っていたけれど」

提灯の灯が消えて闇になった。三人が鎖双棍に気を取られているのをいいことに、信吾が消したのである。

「て、ことです。こうなりゃ、饂飩《うどん》か蕎麦でも喰って寝るしかないでしょう。どう考えたって、三人が寄ってたかって一人をひどい目に遭わせるなんて、考えられないもの。そうじゃないですか」

見えなくても、闇の中で三人がうなずくのが感じられた。

「では、お休みなさい。明日もよろしく」

「なにをしでかしたんです、信吾さん。あの三人、先を争うように逃げ帰りましたけど」

三囲稲荷社の鳥居の陰から出て来た昇平は、灯の消えた提灯を提げた信吾にそう訊いた。

「お休みなさい、明日もよろしく、と言って別れただけなんですけどね」

「多分、真《ま》っ蒼《さお》になってたと思いますよ。暗くて見えなかったけれど」

「帰りながら話しますよ、時刻が時刻ですから。あッ、そのまえにこれを見てください」と、信吾は懐から鎖双棍を取り出した。「連中には万能鎖と言いましたが、鎖双棍と言います。二本の棍棒を鎖で繋いだ護身具ですね。こんなふうに使います。危ないですから、近付かないように」

信吾は昇平から三間（約五・四メートル）ほど離れるとブン廻しを始めたが、普段のように頭上で地面と平行になるようにではなく、体の右側で斜めにして振り廻したのである。

ヒュンヒュンビュンビュンと空を切る音に、昇平がたじろぐのが気配でわかった。続いて前方右上から左下へ、左上から右下へ、つまり×印に振ることを繰り返した。

「それでね、三人にこういうのを見せたんですよ」

暗くてなんの木かはわからないが、信吾はその枝にねらいを付けて、次の一振りで打ち砕いた。あとは一気に回転を緩めると、空から落ちて来る片方の握り柄を受け止めたのである。素早く柄の長さに折り畳み、懐から出した細紐で縛った。

その威力を見せてから、信吾は「てまえを昇平と知っての、待ち伏せのようですね」から始まった、三人を相手の芝居の一部始終を語ったのである。

「明日から昇平さんを見る目、声の掛け方など、なにもかも変わるでしょう」

三人と信吾の遣り取りを聞いておかないと、次の日にどう対処していいかわからないと昇平が言ったので、帰りに落ちあうことにしたのであった。

「だれが言ったかわかりませんが、てまえは昇平さんの子分になりますと言った人もいました。いや、ほかの二人も同意したので、全員ということになりますね。明日以降なにかあったら、子分になりますと言ったのはだれだったかな、と昇平さんが惚けるだけで、三人はなにも言えなくなると思います」

「それにしてもすごいなあ、信吾さんは。わたしも信吾さんの子分になります」

「ハハハ。冗談はやめてくださいよ、昇平さん。しかし、調子に乗って喋《しゃべ》りすぎたかもしれませんね。鎖双棍のすごさを叩きこんでやろうと思って、つい夢中になってしまって。今ごろ言ってるかもしれませんよ、しかしちょっと変なところがあったなあ。もしかしたら昇平じゃなかったかもしれない。だってあいつ、あんなに格好いいはずないもの、なんて。あッ、申し訳ない。てまえではなくて、三人のだれかが言ったと思って、許してください」

「許すもなにも。それにさきほどの三人のあわてふためきようじゃ、そんなこと気付きもしないでしょう」

「あの三人にとって一番こたえるのは、昇平さんのどんな態度だと思われますか」

すぐに返辞がなかったのは、自分は信吾に試されているのだ、と昇平が思ったからかもしれない。信吾に試す気はなかったが、なんと答えるだろうとの興味はあった。

「昨日までとまったくおなじに、まるでなにもなかったように振る舞うのが、一番気味が悪いのではないかと思いますね。当然、関係がおおきく変わるだろうと思いこんでいるでしょうから」

「てまえもそう思います。赤松での待ち伏せも、万能鎖つまり鎖双棍のブン廻しもなかった。昇平さんは足立屋のご隠居さんの隠居所まで集金に出掛け、受け取って見世にもどった。三人は縄暖簾の赤提灯で軽く飲んで、門限まえにもどっていた。なにも起こらなかったのです。ですが三人は、以後は昇平さんに頭があがらない。そんなところでしょうか。めでたしめでたしの幕がおりました」

「いやあ、信吾さんに相談してよかった。本当によかったと、しみじみ思います」

そこまで言われると面映《おもは》ゆい。それに信吾にすれば苦労した訳ではなかったし、昇平や鈍牛との遣り取りのあれこれが実に楽しかったのである。

「なにがよかったって、だれも、その筆頭はわたしですが、わたしを含めて損害を蒙《こうむ》ったり、心身いずれか傷付いたり、そういうひどい目に遭った人はいませんでした。これほど八方がうまく納まるとは、竹の話を聞いたときには、思いもできませんでしたもの」

昇平が手放しで喜んでくれたので、信吾は却《かえ》って申し訳ないほどであった。ほとんど流れに任せただけで苦労らしきことはしていないのに、すべてがうまく納まったのである。それればかりか鎖双棍を振り廻して、胸のすく啖呵まで切れたのだから。

さらに言うなら、波乃があれほどおもしろがったのだからそれで十分であった。蝶の口と雀の涙、そして蚤の涎だけで、教育係で世話係のモトが心配するほど、箍が外れたように波乃は笑い転げたのである。

今日の赤松のもとでの三人との遣り取りを話したら、箍がいくつあれば足りるのだろう。

蛇足だとわかっていながら付記すると、「年寄りはせっかちだからいけませんな」と言った鈍牛から呼び出しが掛かった。それも赤松での笑劇があった翌日、両親の営む宮戸屋に一席設けてくれたのである。なんともせっかちではないか。しかも昇平と信吾だけでなく、波乃まで呼ばれたのであった。

その席でも波乃は箍を外してしまった。

二足目の蛇足を加えると、一ヶ月後に昇平は奉公を止めて実家にもどり、父親の許《もと》で本格的にあるじとなるための修業を始めた。ただしそのときになっても、信吾は昇平が継ぐことになった見世がなにを商っているのか、どの町にあるのか、そして屋号がなにであるのかを知らない。

昇平が信吾に渡した相談料名目の謝礼は五両であったが、それは信吾の想定内であった。もらった手付金が二分、つまり一両の半分だったが、手付金は十分の一が相場だからである。

泣いた塑像

一

夕食の折、波乃のようすがいつもとはちがって感じられた。どこがと言われてもうまく説明できないし、特に変わらないではないかと言われたら、そうかもしれないと答えるしかない程度のちがいである。

しかし信吾は波乃がむりをして、普段とおなじように見せている気がしてならなかった。

食事が終わると、二人はいつものように八畳の表座敷に移って茶を飲んだ。

「これを見ていただきたいの」

さり気なく波乃が信吾に見せたのは、自分で綴《と》じたらしい手控えの帳面である。波乃がモトから教わった料理に関する備忘録で、細かな文字が書きこまれていた。

モトは波乃が嫁入りするとき、実家の春秋堂の両親、善次郎とヨネが付けて寄越《よこ》した教育係である。信吾との縁組が急に決まり、しかもすぐにいっしょに暮らすことになったが、波乃は料理を教わっていなかった。

両親は商家に嫁がせるつもりでいたらしい。だが小僧の常吉と二人で暮らしている信吾の嫁になれば、食事は自分が作らねばならなかった。そのため当分のあいだモトが、波乃の身の回《まわ》りの世話をしながら料理を教えることになったのである。

手控えの冒頭には、「初めちょろちょろ中ぱっぱ、赤子泣いても蓋取るな」とか、「味付けのさしすせそ」として「さとう、しお、す、せうゆ、みそ」などと書かれている。

信吾は料理屋の長男として生まれたので、子供のころからそれらは当然のこととして知っていた。「初めちょろちょろ」はご飯を炊くときの目安で、「さしすせそ」は調味料を入れる順番である。

いずれも調理以前の基本であったが、波乃はそんなことすら知らなかったということだ。

続いてモトに教わった日々の料理の記録で、日付と食材や調理法が波乃の几帳面《きちようめん》な字で綴《つづ》られている。調理するのは夜だけで、記録がない日は一度作ったことがあるため書かなかったのだろう。途中から文が次第に簡潔になるのは、手順などが呑《の》みこめて書く必要がなくなったからだと思われる。

その紙面の空白に、細字でびっしりと朱筆が入れられていた。

例えば冒頭の場合、「中ぱっぱ」と「赤子泣いても」のあいだに、「じゅうじゅう吹いたら火を引いて」と、「さしすせそ」の「さとう」のまえに「さけ」と書きこまれている。砂糖は塩より沁《し》みこみにくいので最初に入れるが、酒は素材の臭みを除いて味が沁みやすくする。使う場合は砂糖のまえに入れるよう、などと付記されていた。

波乃の手控えにモトが朱を入れたもので、書かれているのは補足と注意点である。
四、五日まえにモトが見たいと言うので渡しておいたら、今日の夕方に返されたとのことだ。それだけではない。
「もう、わたくしがお教えすることはございません、とモトに言われました。ここに書かれたことは頭に入っているでしょうが、忘れたとき、心許《こころもと》ないときには見て確かめてください。頭に入れたら、あとはあまり縛られず、これを土台にしてご自分で工夫しなさいって」

「すると」

「春秋堂にもどると言っていました」

「いつ」

「二十三日」と、波乃は手控えを指して言った。「それまでに目を通して、わからないところがあったら、どんなことでもかまわないので訊《き》いてくださいと言われたの」

「とすると、残り五日しかないよ。今日を入れて」

「そうなんです」

「モトはなんと律義な人なんだろう。なにからなにまできちっとしていて、きっちりしすぎると思っていたくらいだ。だからこそ、波乃の教育係に指名されたのだと思うけどね」

「そして、こんなことを言われました」

奥さま、つまり波乃の母のヨネに、あの娘《こ》は世の中からズレたところがあって、多少ならいいがズレ方がひどすぎる。モトはよくわかっているだろうから、せめてあの娘が世間の枠に収まるように、枠からはみ出さぬように、それだけは留意してもらわねばなりません、と。

モトはもっともだと思い、なんとかヨネの意に副《そ》うようにしなければと努力したそうである。しかしどうしてもそれが叶《かな》わず悩んだが、やがてその理由に気付いたとのことであった。

「わたくしは奥さまのおっしゃるように枠に嵌《は》めてしまっては、波乃さまの良さが活《い》きないと思うようになりました。ズレ方がとてもいい具合で、そのズレがなによりの、波乃さまらしさだとわかったのです。ですから波乃さまは、世間的なことなどに頓着なさらず、ご自分の感じたこと、思ったことを貫き通してください」

そして念を押されたそうだ。里帰りしたときだけは、旦那さまと奥さまにありふれた女の芝居をしてくださいね、と。

「わたくしは、波乃さまがおもしろがってそうしてくださると信じております、と言われたのだけれど」

波乃は複雑な顔になった。

夕飯を食べているあいだ、どことなくようすがちがって感じられたのは、そのせいだったのだ。波乃はモトの言葉を、胸の裡《うち》で反芻《はんすう》していたのだろう。

「あたしって、そんなにズレてるかしら」

「ああ、ズレてる。それも並のズレじゃなくて、おおズレだよ。ズレズレのズレ」

「どうしましょう」

「今のままでいい。モトが言ったんだろう、波乃は感じたことや思ったことを貫き通せって。世間からすれば波乃はズレてるかもしれない。だけどここは世間ではなくて、わたしと波乃の住まいだ。ここから見ればズレてるのは世間のほうだから、なにも気にすることはない。それにしても、さすがは波乃の母上だね」

「あら、なにがでしょう」

「あの娘は世の中からズレたところがあって、なんて普通の母親には言えない、いや、思っていても言わないもの」

「ということは、信吾さんもズレてるってことですよ。だって、あたしたちは一心同体なんでしょ」

「ギャフン、してやられた。とんだ藪蛇《やぶへび》となりにけり」

信吾の大袈裟《おおげさ》なふざけように、波乃は複雑な笑いを浮かべた。

「となれば夫婦で頑張るしかありませんね。まともでない男と女ですから、まともでない世間なんかに負けていられないですもの」

「しかし、すごいな。一年かかるか二年かかるかわからない、と言われてたんだろ。それを、きっかり半年で終えたんだから」

「きっかり半年ですって」

「そうだよ。わたしも今、気が付いたんだけどね」

信吾と波乃が武蔵屋彦三郎《むさしやひこさぶろう》夫妻の媒酌で仮祝言を挙げたのは、二月二十三日であった。モトは翌二十四日の昼まえに、阿部川町の春秋堂から黒船町の借家に移り、住みこみで波乃の世話をしながら料理を教え始めた。

季節ごとの食材によって作る料理はちがうし、さまざまな行事で出す料理も決まっている。そのため波乃の母のヨネは、習得に要する期間を一年以上と考えていたらしい。

ところが波乃の憶《おぼ》えが良いからか、モトは四季折々の素材や料理法について、折を見て口述を始めたのである。春の半ばに黒船町に来て、夏がすぎ、秋の中頃になったときには、晩秋から冬場、初春のことまで教え終えていたのだ。

そして波乃の手控えを、克明に読み直して朱を入れた。二月二十四日から付きっ切りで教えたモトは、半年後の八月二十三日に春秋堂にもどる。

「波乃はモトにとって、それだけ優秀な弟子だったってことだよ」

「だといいのですけれど、見放されたのかもしれません。いくら教えても時間のむだだから、この辺でいいだろう。やるだけのことはやったんだからって」

「だったら、もう、わたくしがお教えすることはございません、とは言わないさ。自信を持っていいと思うよ。もしも波乃の出来が悪ければ、教えたことをちゃんと守ってくださいね、と言うはずだ。あとは縛られずに自分で工夫なさいと、言う訳がないもの」

「そう思うことにします」

「となりゃ、モトが辞めることを、親父《おやじ》とお袋に伝えて来なきゃ」

信吾が腰を浮かせたので、波乃は驚き顔になった。

「明日でいいのではないですか」

「そうはいかない。こういうことは、すぐに報《しら》せなければ。半年も世話になったんだからね。モトは当然として、春秋堂さんにもちゃんとしておかなくてはならない。半年間ずっと、モトの給銀を出してくれたんだから」

「でもあたしに料理を教えるためですから、父や母が負担するのは当たりまえでしょう」

「それは波乃や春秋堂さんの言い分でね。父や母はわたしの妻の波乃が、春秋堂のモトさんに教わったと考えているんだ。ちゃんと伝えておかないと、あとで大目玉を喰《く》うことになる。ところでご両親は、モトが二十三日に春秋堂にもどることは知ってるだろうね」

「もちろんですよ。だって、春秋堂の奉公人ですもの」

「わかった。それじゃ、モトへのお礼の贈り物、なにか考えておいてよ」

言い残して、信吾は浅草広小路に面した東仲町の宮戸屋へ急いだ。時刻は五ツ（八時）なので、客を送り出して片付けに掛かったころだろう。

二

半刻《はんとき》（約一時間）ほどでもどった信吾は、両手に一升徳利《とつくり》を提げていた。台所の板の間に「よっこらしょ」と置きながら、信吾は出て来た波乃に言った。

「伏見《ふしみ》からの下り酒が入ったばかりとかで、二本もらった。見世からここまで八町（九〇〇メートル弱）ほどだけど、けっこういい運動になったよ」

「入ったばかりというのは、信吾さんが気を遣わなくていいようにとの、義母《おかあ》さまの気遣いではないかしら。なんだか宮戸屋さんに出掛けるたびに、いただいているような気がします」

モトは奉公人の部屋にさがっていたが、すでに寝てしまったかもしれないので、二人は小声で遣《や》り取《と》りした。波乃は信吾がもどるまで行灯《あんどん》のもとで縫い物をしていたらしく、八畳間に入ると手早く布や物差し、鋏《はさみ》、針山などを片付けた。

「お客さんも増えたことだし、急なお客さんがあっても酒屋に走らなくていいからありがたいけどね。せっかくだから少しいただこうか」

「すぐ用意しますね」

着替えが終わったところに、波乃が銚子《ちょうし》と盃《さかずき》を載せた盆を持って来た。

「モトのお礼はなににするか決まったかい」

「いざとなると難しくて」

「峰《みね》さんのときは反物にしたけどね」

「峰さんって」

当然知っていると思っていたが、うっかりしていた。

「波乃とモトが来るまでの一年あまり、わたしと常吉の朝昼晩の食事と、掃除、そして洗濯をやってくれてた通いの女中さん。もっとも、モトとは較《くら》べられないけどね。モトは料理を教えるだけでなく、波乃の世話係兼教育係なんだから」

「あたしも反物は考えたのですけど」

「ほかになにか思い付いたかい」

「これといったものが思い浮かばなくて」

「いっそ、本人に訊いてみたらどうだろう」

「言う訳ありませんよ。とんでもない、滅相もない、もったいない。わたくしは自分の務めとしてお役に立てればと、そう言うに決まっています」

信吾が思わず噴き出すと波乃は軽く睨《にら》んだ。

「なにがおかしいのでしょう」

「声色《こわいろ》かと思った。だって言い廻《まわ》しから声の調子まで、そっくりなんだもの。毎日いっしょに料理を作っているあいだに、モトの話し方がうつっちゃったのかな」

「そんなに」

「似てる」

「それだけ料理の腕がよくなればいいのだけど、これればかりは」

「モトは波乃が生まれるまえからの、春秋堂の奉公人だろ」

「ええ。姉もあたしも、ほんとにいろいろ教えてもらいました」

「手習いもかい」

「読み書き、百人一首、それに行儀作法、お琴などは母に習いましたけど」

「晩ご飯のあとに見せてもらった料理の手控えの朱筆だけど、文字も文もちゃんとしてたよ。どんな人だい、モトは。ただの奉公人とも思えないけど」

「実はね」

「だろ」

「まだ、なにも言っていないではありませんか」

「お武家だった親が没落したため、モトは生活のために止《や》むを得ず春秋堂の奉公人になった。なぜなら武家娘としての素養がある。水茎の跡も麗しく、鼓、琴、三味線、琵琶《びわ》などが得意で、であればまさに春秋堂にぴったりではないか」

「よくそれだけ、すらすらと出てきますね」

「相談屋は言葉が命だ」

「お武家の出、ですか。かもしれませんね。礼儀正しいし、話し方がどことなく堅苦しいもの。でも父や母から、そんな話は聞いたことがないわ。楽器をだれかに教えるとか、いえ、モトがなにかを弾じているのを、見たこともないし」

「だけど、ただの人じゃないよ。権六親分がここに来て、モトと顔をあわせたときのことを憶えてるだろ」

権六が信吾と波乃を相手に談笑しているとき、モトが茶のお替りを持って来た。急須と茶碗《ちゃわん》を載せた盆を置くと、先に出ていた盆を取ろうとして、思わずというふうに言った。

「声が似ているのでまさかと思いましたが、やはり権ちゃん、失礼、権六さまでしたのね」

信吾と波乃は驚いたが、それ以上に驚いたのが権六であった。

「モ、モトさんじゃないですか。どうしてここに」

問われてモトはごく簡単に事情を説明した。

波乃お嬢さまが姉の花江お嬢さまの婿取りのまえに、仮祝言を挙げられて嫁入りなさったのだ、と。

「ええ、あっしも耳に挟みましたので、驚いて駆け付けたというようなことでして。あ、波乃さんのことは存じませんでした。信吾さんに、昵懇《じっこん》にしていただいておりましたのでね」

権六親分はしどろもどろで、まるで別人であった。

それにしても、二人はどういう関係なのだろうか。モトが「権ちゃん」と言ってから「権六さま」と言い直し、権六が「モトさん」と言ったのだ。とすればモトが上で権六が下と考えていいが、二人に接点があるなどとは信吾は思いもよらない。

モトは淡々と説明した。

「少しでも早くとのことでしたので、お料理を十分おできにならぬまま輿入《こしい》れされたという事情がありました。ですのでわたくしが料理をお教えしながら、身の回りのお世話を。ですがお嬢さま、失礼いたしました、波乃奥さまはとても憶えが早うございますので、わたくしもこちらには、そう長くいることはないと思います」

「そうでしたか。それにしても世の中には、ふしぎなことがあるものですなあ」

モトは「お話し中、たいへん失礼いたしました」と一礼すると、盆を手にさがったのである。

どうもただの知りあいではなさそうだ。だが信吾も波乃もそれに関しては、権六にもモトにもひと言も訊いてはいない。訊いても話さないだろう、と思ったからである。

しかし数日でモトが春秋堂にもどるとなると、できれば経緯《いきさつ》くらいは訊いておきたくなる。

翌朝。

食事を終えた常吉は、いつものように番犬の餌を入れた皿を持って将棋会所にもどった。

信吾は食後は八畳の表座敷に移り、会所に将棋客が来るまでのあいだ、本を読んだり波乃と話したりしてすごすことが多い。しかしその日は板の間から動かずに静かに茶を飲み、波乃もおなじように茶を喫している。

モトは食べ終えた四人の箱膳を洗い場に運んで、使った食器を洗うのだが、両手で信吾と波乃の箱膳を摑《つか》もうとしたときだった。

「モトさん、さあ」

「あのね、モト」

二人が同時に声を掛けた。モトは意外な顔をしたが、信吾と波乃も思わず顔を見あわせた。まえの夜、打ちあわせをした訳でもないのに、二人がおなじ理由でモトに声を掛けたとわかったからである。

「なんでございましょう」

波乃の目顔にうながされて、信吾が話すことになった。

「二十三日に春秋堂にもどるそうだけど、長いあいだ波乃に料理を教えてもらって、本当にご苦労さまでした。心からお礼を言います」

「お礼なんてもったいのうございます。わたくしはただ、自分の務めを果たしただけですので」

「いや、わずか半年で、波乃がひと通りの料理を身に付けられたのだから」

「それは波乃奥さまの憶えがよろしかったからでして、わたくしはほんのお手伝いを」

「いいえ、モトのお蔭《かげ》よ」と、波乃は真顔で言った。「嚙《か》んで含めるように、とてもわかりやすく教えてもらったからだと思ってます。ですからあたしと信吾さんから、なんとしてもお礼をしたいの。モトが遠慮するのはわかっているのだけど、どうせお礼をするなら本当に喜んでもらえる物を贈りたいわ。だからそれを教えてもらえないかしら」

「そのお気持が、なによりの贈り物でございますよ。ありがたく胸に納めておきます」

モトは両手で二人の箱膳を摑むと、素早い動きで洗い場に向かう。

「だったらわたしたちで選ぶけれど」と、信吾はその背中に向かって言った。「なにか思い付いたら、波乃にそっと打ち明けてもらえないかな。頼んだよ」

「頼むだなんて、もったいのうございます。本当にお気持だけありがたくいただきます。信吾さま、波乃さま、ありがとうございます」

「わかりました。それについては、くどくは言いません。頼みたいことはもう一件あってね」

「なんでございましょう」

引き返したモトは、今度は自分と常吉の箱膳を両手に持った。

「モトもここで働いてもらってよくわかっているだろうけど、相談屋の仕事で一番大事なことはお客さまにかぎらず、人の秘密をどんなことがあっても洩《も》らさないということなんだが」

モトはちいさく頭をさげて箱膳を洗い場に運ぶ、その背中に信吾は話し掛けた。

「二十三日に春秋堂にもどるとなると、そう簡単には会えなくなるかもしれない。だから是非とも、訊いておきたいことがあるのだけどね」

碗《わん》や椀、箸や皿を流しに置いたモトは、積み重ねた箱膳をまとめて水屋に納めた。しかし食器を洗うために洗い場にはもどらず、その場に腰を屈《かが》めた。お聞きいたしましょう、ということだろう。

「話してもらえるとうれしいのだが、聞き流してもらってもかまわない」

「ありがたいことで痛み入りますが」とそこで切ってから、モトは信吾と波乃に微笑《ほほえ》みかけた。「権六親分さんとのことでしたら、わたくしからは申しかねます。どうしてもお知りになりたいのでしたら、親分さんからお聞きになってください」

訊かれるだろうと予測していたとしか思えないが、そう開き直られては取り付く島もない。苦笑する信吾に頭をさげると、モトは洗い場に向かった。

声にも背中にも、それ以上は受け付けませんとの思いが籠《こ》められていた。これまでだなと目顔で話しあって、信吾と波乃は八畳の表座敷に移った。

「わかってはいたが、思ったとおりだ」

「親分さんはモト以上に口が堅いでしょうから、これまでにしておきましょう」

「あのときの感じでは、どう考えてもモトの立場が上だったからな。権六親分が話してくれるとは、とてもではないが思えない」

「どちらかが打ち明けてくれるといいのですけど、まずむりですね」

「ということだな」

そう受けたものの、信吾の心の裡では「となればなんとしても訊き出してみせる」と、相談屋として培われた熱き思いが、沸々と湧きあがっていた。

三

五ツ少しという早い時刻に、権六が将棋会所に顔を見せた。大抵は午後になってからで、朝だと早くても四ツ（十時）をすぎてになることがほとんどだ。

客たちが挨拶したが、「お早うございます」という声だけではなく、「おや、親分さん、お珍しい」とか、「朝の早くからご苦労さまです」などの声が多かった。

手下を連れずに一人で来たということは、母屋で茶を飲みながら、信吾や波乃と話したいからだろう。ところが信吾が駒形堂《こまんどう》に誘ったので、権六もなにか話があると覚《さと》ったようである。

信吾はだめでもともととは思ったが、モトのことを訊いてみるつもりでいた。となると本人には聞こえないとしても、モトのいる母屋では権六も話し辛《づら》いだろうと考えたので、駒形堂まで散策と洒落《しゃれ》ようじゃありませんかと言ったのである。

大小の荷船が行き来する大川を右手に見ながら、二人は上流《うわて》にある駒形堂を目指した。

「相談屋の仕事を始めて一年半がすぎたので、さすがになくなりましたけれど、最初のころは両親や祖母になにかと訊かれて往生しました」

「相談客についてってことだな」

岡っ引だけあって、さすがに権六は察しがいい。

「そうなんですよ。料理屋をやっていれば、座敷で客が話したことを洩らしてはならないのは鉄則でしょう。相談屋は料理屋とおなじ、いやそれ以上に厳しくなければいけないのがわかっていながら、それでも根掘り葉掘り訊き出そうとするのだからたまりません。たとえ鉈《なた》で背中を断ち割られて煮えた鉛を流しこまれようと、それぱっかりは言えません、なんて芝居の台詞《せりふ》みたいな啖呵《たんか》を切ったこともありますよ。子が親に向かって言えることではありませんけれど」

「料理屋も相談屋も、客の秘密を洩らしてはお終《しめ》えだ。そんなことが知れちゃ、信用が地に落ちて商売があがったりだもんな」

「相談客が訪ねて来るとか、打ちあわせの場所を指定してくるときはいいんですが、宮戸屋に呼び出されることがありましてね。親が料理屋をやっているのを知っているので、気を利かせて呼んでくれるのだと思います。父や母は倅《せがれ》がどんな相談をされたか、知りたくてならないのでしょう。相談客の名前や商売は存じていますから、どんな相談を受けたか知りたがるのだと思いますけれど」

「それが人というもんだろうよ。わかっちゃいても、やめられねえってやつよ」

漫《そぞ》ろ歩きで駒形堂に辿《たど》り着くまえに、信吾は一応の伏線を張っておくことができた。

お堂は創建時には東向きに大川に向かっていたが、今は浅草寺に参詣する人のために西向きに建てられていた。二人は堂の裏手で、大川の流れを見ながら石に腰をおろした。

「常吉が将棋会所で飼ってる番犬が、波の上という名なのはご存じですよね」

「ああ、妙な名なので常吉に訊いたことがある。謂《いわ》れを聞いて笑ったが、信吾が名を付けたならさもあらんと思ったぜ」

「その波の上が初手柄を立てましてね」

「てことは、泥坊猫を追っ払ったぐらいじゃなさそうだな」

「真夜中に騒がしい音がしたので飛び出したら、賊のふくらはぎに咬《か》み付いていたんですよ」

「常吉が、か。大したやつだ」

権六がわかり切った冗談を言ったのは、こちらの話すことの見当が付いたからだろう。

「番犬の波の上ですよ、親分さん。将棋会所の売り上げをねらったらしいんですが、それにしても間抜けな泥坊じゃありませんか。物騒なので売上金は宮戸屋の蔵に預かってもらっているのに、そんなことさえ知らないで盗みに入ったんですから。で、賊に泣きつかれましてね」

「怪我《けが》とか病気で仕事ができなくなったので、金に困りってんだろ。老いた親や女房が難儀し、子供がひもじいと泣いております。でなければ、医者の薬礼が払えないので、このままだと一家心中せにゃなりません。貧に窮しての出来心でございます。お慈悲ですからお見逃しくださいと、泣きつかれたんだろう」

「そのとおりです」

「そういう輩《やから》が捕らえられたときの、お涙ちょうだいの決まり文句だ」

「ええ。わかっておりましたが、変に恨まれて付け火なんぞされても困るので、少し金を渡して逃がしてやりました」

「連中に甘い顔をしちゃダメなんだがな。そのときは涙を流して礼を言っても、ほとぼりが冷めりゃおなじことを繰り返す。まさに盗人《ぬすっと》に追い銭《せん》だが、いかにも信吾らしいや」

権六は薄い笑いを浮かべて行き来する船を見ているが、ところで本題はなんでえと言われたような気がした。変に細工しても仕方がないし、見透かされているのはわかっているので、ひと呼吸おいて信吾は切り出した。

「波乃に料理を教えてくれていたモトさんが、二十三日に春秋堂にもどることになりましてね」

「てことは、すっかり伝授し終えたってことだな」

「すっかりはともかく、取り敢《とあ》えず、煮炊きくらいはできるようになったということでしょうけれど」

そこで切って信吾は間を取った。権六も黙ったままである。長いあいだ岡っ引をやってきて、しかも最近まで不遇だった男だ。信吾のねらいなどは、とっくに見抜いているにちがいない。

だから信吾はすなおに訊くことにした。

「モトさんと親分さんは、どういうお知りあいなんですか」

「どういうって」

「波乃といっしょになって程なく、親分さんとモトさんが母屋で顔をあわせたことがありました。思いもしませんでしたが、お二人は古くからのお知りあいだったのですね」

「名前と顔は知っちゃいたが」

「なんだか、随分と親しい間柄だとお見受けしましたけれど。なぜって、権六親分だと気付いたモトさんが、うっかりでしょうが権ちゃんと言ってから、権六さまと言い直したでしょう。なんだか幼馴染《おさななじみ》だったような気がしましてね。久し振りに、本当に久し振りに再会して、つい懐かしさのあまり権ちゃんと呼び掛けたのだと思います。ところが身装《なり》からすぐに町方の親分さんだとわかったので、権六さまと言い直したのではないでしょうか。名前と顔をご存じ程度のお知りあいではない、と思いましたけれど」

権六は左右に開いたちいさな目でじっと信吾を見てから、まじめとも冗談とも取れるような言い方をした。

「信吾ならいい岡っ引になれるんだがなあ」

「まえにも言われました」

「どうでえ、本気で岡っ引にならねえか。いや、おれの手下になれってんじゃねえ。親しい御番所の同心の旦那を紹介するから、浅草界隈《かいわい》をおれといっしょに、つまり同格でってことなんだが」

「親分さん、ご冗談を。てまえは悩みを抱えている人たちのお役に、少しでも立てるようにと」

「よろず相談屋を開き、波乃さんと所帯を持ってめおと相談屋と、幅を広げたってことは知っている。だがな、両立できねえことはねえ。おれが頼りにしている仲間は、床屋、湯屋、飲み屋などのあるじたちだ。いろんな連中に話を聞いて、つまりだな」

「集まるあれこれを突きあわせれば、なにかが見えてくるということですね」

「おうよ。とすりゃ、相談屋はまさにぴったりじゃねえか」

「だからこそ受《う》け容《い》れられないのは、おわかりではありませんか。先ほど申しましたように、話を伺った人たちの秘密を護《まも》り抜くことで、相談屋の仕事は成り立っていますから」

「てことだな。そうムキになるんじゃねえ」と、権六はニヤリと笑った。「そういうやつだからこそ、おれは信吾を信用できるのよ」

「いくらなんでもひどいじゃありませんか、親分さん。でしたらそんな、人を試すようなことはしないでくださいよ」

信吾が露骨に気分を害した顔をしても、権六の顔から笑いは消えなかった。

「ほんじゃ話をもどそう。おれとモトさんが知りあったのはいつごろで、母屋で巡り会ったのが何年振りか、ってことだが。信吾の考えはどうだ」

やっとのことで、権六攻略の糸口を見付けた思いがした。要はうまく持ちこめるかどうかだ。信吾は心の昂《たかぶ》りを抑えながら、さり気なく話し掛けた。

「それが大筋のところでちがっていなければ、親分さんはモトさんとのあれこれを話していただけますかね」

ちいさな目が、さらにちいさくなったような気がした。ちょっと間を置いてから、仕方がないかというふうに権六は言った。

「話さんとならんだろうな、そんなふうに話を運ばれちゃ」

「ですがてまえには、親分さんがおっしゃることが正しいかどうか、たしかめようがありません。それはちがうと言われたら、それまでです」

「信吾」

「はい」

「おれとおまえのあいだだぞ。それだけはねえと思ってくれ」

十手持ちに真顔でそう言われると、黙ってうなずくしかない。ゴクリと唾を呑みこむ音が、聞こえたような気がした。権六は信吾から目を逸《そ》らすと、しばらく天を見てから言った。

「そうだな、前後三年はキツイか。いやそうでもねえ、相談屋としては、相手の語らぬことに思いを馳《は》せられるようでなきゃ仕事にならんからな。信吾が誰にも話さぬなら、おっと、めおと相談屋となると波乃さんには話すのだろうな。が、それくれえはいいとしよう。どうでえ信吾、前後三年以上のズレがなく、おれとモトさんのことを読めるか。なにからなにまでってえんじゃねえよ。知りあってから何年になり、何年振りに会ったか、くらいは中《あ》ててもらいてえな」

「読める訳がありません」と、信吾はひと呼吸置いた。「だけど権六親分に真正面から挑まれ、尻尾を巻いて逃げていては、相談屋は続けられませんからね」

「受けるんだな」

「受けざるを得ないではありませんか」

「それにしてもてえしたもんだ」

「なにがでしょう」

「まんまと引っ掛けやがった」

四

「えッ、どういうことですか」

「惚《とぼ》けやがって。あれよ、ほれ、主客なんとか」

「主客転倒、ですかね」

「おう、それそれ。いつの間にかおれと信吾の立場が、完全に入れ替わっちまったじゃねえか」

「なにをおっしゃりたいのか、てまえには、とんと」

「信吾はおれとモトさんのことを知りたがっているが、話しているうちに、まるでおれのほうから持ち掛けたようにすり替えてしまっただろう」

「そんなことできる訳がありませんよ。それに、よしんばそうだとしても、目的が叶えられるとはかぎらないのですからね」

「なにが言いたい」

「だって、そうでしょう。前後三年の誤差で親分さんがモトさんと知りあってからと、何年振りに再会したかを、言い当てなければならないのですよ。でなければ、親分さんは話してくれないじゃないですか。一つだって難しいのに二つですからね。できる訳がないだろうと言われたも同然ですよ。それにわたしが親分さんを嵌めるなら、べつの方法を考えますよ」

「おもしれえ。どんな手を使おうってんだ」

「どんなと言われても、急には答えられません。なぜって、そんなことを考えたことがないからです」

「わかった。ほんじゃ、話の流れでたまたまそうなったとしておこう。で何年だと思う、信吾は」

「うッ」と、信吾は思わず呻《うめ》いてしまったが、懸命に考えを巡らせた。前後三年の誤差と言われても、基準にするものがほとんどないに等しいのだから、まさに暗中模索、雲を摑むような話である。

わかっているわずかな事柄だけで何通りかを導き、さらに絞りこんで最善と思われる答を出した。自信はなかったが、ともかく自分の考えを表明するしかない。

それが前後三年の範囲、つまり六年間の内に納まっていなければ、権六からはなにも訊き出せないのである。六年間と言えばけっこう長いが、物差しがなくて割り出すとなると困難極まりなかった。

モトから訊き出そうとして、きっぱりと断られたのである。波乃に「これまでにしておきましょう」と言われ、一度は断念していたのであった。

ところが思い掛けず、それを知ることができる糸口を摑むことができたのだ。となれば、なんとしても権六の口から聞きたいではないか。

波乃と姉の花江は、ちいさなころからモトにいろいろと教えてもらったと言っていた。波乃は十八歳で花江は二歳年上の二十歳《はたち》である。母親のヨネが姉妹の世話をさせながら、なにかと教えさせたのだから、奉公女ではあっても、モトはいわゆる上女中という立場だろう。

しかし奉公を始めたばかりの女中に、娘を任せることはしないはずだ。ヨネは少なくとも一年くらいは働き方を見ながら、モトの人となりを見極めた上で任せたはずである。

そのとき信吾は不意に、波乃に冗談半分で言ったことを思い出していた。

「お武家だった親が没落したため、モトは生活のために止むを得ず春秋堂の奉公人になった。なぜなら武家娘としての素養がある。水茎の跡も麗しく、鼓、琴、三味線、琵琶などが得意で、であればまさに春秋堂にぴったりではないか」

そのときは思い付きを言ったにすぎないが、意外と的を射ているという気がした。モトの言葉遣いや立ち居振る舞いは、武家の出としか思えない。

モトが武家娘で素養や教養があればこそ、ヨネは娘二人の世話を任せたのだ。家が没落したため十代の半ばになって、春秋堂で奉公を始めた可能性は十分にあると考えていい。

十歳前後では、ヨネが娘たちを任せるほどの知識やしっかりした考え方は身に付いていないだろう。また二十歳近くなれば嫁入りの話などもあると思われるので、とすれば十代半ばだと信吾は推理したのだ。

あとはモトと権六の年齢だが、信吾はこれに関してはあまり自信がなかった。前後三年あわせて六年の範囲に、なんとか納まってくれることを祈るだけである。

櫓《ろ》を漕《こ》ぐ音が急におおきく聞こえ始めたのは、菰《こも》で包《くる》んだ木箱を十いくつも載せた荷船が、右岸、つまり信吾と権六の目のまえ、かなり岸近くを上流に向かっていたからである。舟が水を分けて溯《さかのぼ》るので、波がひたひたと岸を打つ。

下帯だけで櫓を漕ぐ男の全身からは、汗が滴り落ちていた。

川面《かわも》の上空には数羽のミヤコドリが、ほぼ一点に留《とど》まってしきりと啼《な》き交わしている。わずかな風を利してだろうが、ほとんど羽搏《はばた》かずに浮いていられるのが妙だ。

権六はそれらを見るともなく見ているようだが、そろそろ痺《しび》れを切らしているにちがいない。

おおきく息を吸いこみ、ゆっくりと吐き出すと、信吾は権六を見て言った。

「親分さんとモトさんが知りあって三十二年、最後に口を利いたか、言葉を交わしたかどうかはわかりません。知りあって十年後になにかの事情で別々になって、二十二年振りに母屋で顔をあわせたのではないでしょうか」

権六は黙ったままで、「そうだ」とも「ちがう」とも言わなかった。となると一気に不安が募る。正否を待つ身は辛く、時間がやたらと長く感じられた。

「どこから、そう割り出した」

中《あ》たったともちがっているとも言わなかったが、声を聞いただけでまちがいではなかったらしいとわかり、信吾はホッとした。

「勘ですよ、勘。それしかありません」

「勘か」と言って、権六は信吾を見た。「どうでえ、どうしても岡っ引になる気はねえか」

またそれか、といささかうんざりしたが、まさか口には出せない。声の感じで「おそらくは」との手応えを得たので、信吾はもうひと押しした。

「ということは、親分さん」

「両方とも、前後三年都合六年の内に納まっておるよ。信吾がその気になりさえすりゃ、おれは江戸一番の岡っ引に育てる自信があるがな」

「ということは、モトさんとのあれこれを話していただけるのですね」

「話さにゃなるめえ、男が約束したんだからな。ただ色恋にゃ縁がねえから、期待してもがっかりするだけだぜ」と言ってから、権六は信吾をまじまじと見た。「どしたい。顔が強張《こわば》ってやしねえか」

「かもしれません。まさかと思っていましたから」

「それにしても、いかに割り出したか知らんが、信吾はてえしたもんだ」

改めて言われ、信吾はほんのわずかな取っ掛かりをもとに、少しずつ絞りこんでいった経緯を話した。

例えば波乃と花江が幼少のころからモトの世話を受けたこと、モトの言葉遣いや立ち居振る舞いから武家の出だと判断したこと、素養と教養があったからこそ母親のヨネが娘二人の教育と世話を任せただろうこと、それらを背景に権六やモトの年齢と立場から、年数を割り出したと正直に打ち明けた。

ところが権六は、信吾の話からはズレているとしか思えないことをつぶやいたのである。

「なんとも運に恵まれた男だな、信吾は」

言われた信吾は、稀《まれ》に見る強運の持ち主だと言った、名付け親の巌哲和尚の言葉を思い出していた。

「そうしますと」

「ああ、ぎりぎりだったんだ。両方ともな」

「そうでしたか。二つともとなると、危ない綱渡りだったんですね」

「もしかして、モトさんからなにか耳に入れていたのか。でなきゃ中てられるとは思えねえよ」

「とんでもない。一度は訊いたんですがね、断られましたよ、きっぱりと。どうしても知りたいなら、権六親分さんからお訊きなさいって」

「で、まんまと訊き出しのとば口に、辿り着けたってこったな」

「ということですので、聞かせてください。三十二年まえにモトさんと知りあい、その後十年ほどして、つまり二十二年まえに、どういう事情で別れることになったかを」

「急《せ》かすなよ。おりゃ、まさか信吾がここまで見事に割り出せるとは、思っちゃおらなんだのだ。だから、心の準備ができてねえ」

「などと逃げるのは狡《ずる》いですよ」

「逃げやせん。逃げやせんが、ちょっと間をくれんか」

そう言われて信吾は思い付いたことがある。

「でしたら、二十四日以降にしていただけますか。十分な日数がありますから、考えを纏《まと》め、話す手順を組み立てられます。二十三日にモトさんが春秋堂にもどりますので、気兼ねなく、ゆっくり、たっぷりと聞かせていただけます。ただし」

「ただし、だと」

「その場合は、波乃といっしょに聞かせていただきたいのです。もちろんどちらになさるかは、親分さんにお任せいたします」

「策士よのう、信吾は。めおと相談屋が繁盛する道理だ」

「奮闘はしていますが、繁盛なんてとてもとても。青息吐息ですよ、年がら年中」

また言ってしまった。気を付けてはいるのだが、相談屋が好調だと言われると、ついムキになって弁明してしまうのである。われながら若いなと呆《あき》れてしまう。

「このあと用はねえのか。時間はかまわんのだろうな」

「てまえより、親分さんのほうこそご多忙なのでは」

「こっちはどうとでもなる。将棋会所にいると言ってあるので、なんかありゃ会所で聞いて、ここまで呼びに来るだろう」

「そうしますと、今、これから話してもらえるのですね」

「二十四日なら十分考えを纏められるだろうが、信吾だけならともかく波乃さんをまえにしちゃ、気の弱いおれはしどろもどろになっちまわあ」

マムシと鬼瓦《おにがわら》が渾名《あだな》の権六に気が弱いと言われては、畏れ入りましたと頭をさげるしかない。

「信吾と二人だけで、しかも面と向かってでなく、並んで坐《すわ》り、川面を見ながらなら喋《しゃべ》れぬこともなかろう。しかし、艶っぽい話じゃねえから、がっかりすんな」

念を押されたが、今日の権六はいつもよりくどく感じられてならなかった。

権六は少しの間を置いてから、話し始めたのである。

五

「なにが驚いたって、あれほど驚いたことはなかったぜ」

母屋でモトに声を掛けられたときのことを、権六はそんなふうに切り出した。

先に気付いたモトが「権ちゃん」と呼び掛け、「権六さま」と言い直したのである。不意を衝《つ》かれた権六は、うっかり基姫《もとひめ》さまと呼びそうになったのを辛うじて呑みこむと、「モトさんじゃないですか」と言った。

モトは基で、当時の権六は基姫さまと呼んでいたそうだ。

といっても身分がちがうため、本人に話し掛けるなどできる訳がない。屋敷内でなにかの折に話題に上れば、基姫さまと呼んでいたというだけのことである。

しかも再会したときには、相手は四十歳に近かったのだ。さらに波乃付きの奉公人であれば、いくらなんでも基姫さまとは呼べないではないか。

まず余程の事情がないかぎり考えられないが、武家の女が止むを得ず商家に奉公するとなると、名を変えるのが普通だろう。咄嗟《とっさ》のことゆえ権六は「モトさん」と呼んだが、否定されなかったので変名せずに勤めていることがわかったのである。

ところがつい、「どうしてここに」と付け足してしまった。かつての姫さまが信吾の妻波乃の下で働いていたので、その意外さに戸惑いを覚えたからだろう。

するとモトが、波乃に料理を教えながら世話をしているのだと事情を打ち明けた。二人はどういう知りあいだろうと、信吾と波乃がふしぎに思うのもむりはない。

「基姫さまだったのですね、親分さんにとってモトさんは。すると基姫さま……ややこしくなるので、これまでどおりモトさんと呼ばせてもらいます。モトさんは親分さんを、なんとお呼びに」

「めったに呼ばれたりしねえが、呼ばれるときは権六と呼び捨てで、単に権とも呼ばれたな。機嫌が良くて周りに人がいないときに、権ちゃんと呼ばれたこともある。もっとも今にして思えば、面白半分にからかわれたという気がするが」

それで偶然の再会に、モトは思わず「権ちゃん」と呼び、信吾たちを意識して「権六さま」と言い直したのだろう。モトが権六に「さま」を付けて呼んだのは、生まれて初めてだったはずだ。

信吾はあれこれと想《おも》いを巡らせながら聞いていたが、モトが武家の出で基がその本名だと明かしはしたものの、権六はなに一つ具体的なことを口にしていなかった。モトの父がいずれかの藩の藩主、それとも旗本あるいは御家人だったのかすらわからない。明らかなのは、浪人ではなかったということくらいだ。

権六はモトの父親の名や屋敷のある町名すら、話してはいないのである。まるで相談屋の客と変わるところがないではないかと、信吾は内心で苦笑するしかなかった。

「モトさんと親分さんが二人だけになることなんて、あったのですか。あったとしても、お屋敷の中でのことだと思いますが」

「二人きりにかい。まず、ねえよ」

「すると何人かがごいっしょのとき、ということですね」

「基姫さま、じゃなかった。モトさんは、小太刀が得意でな。おれたちゃ面白半分にだろうが、相手をさせられた」

「おれたちと申されますと、いわゆる家士とかその子息ということですね」

「家士ならいくら身分が低くてもお侍《さむれえ》だ。おれたちゃ中間《ちゅうげん》や小者か、その倅だからな。いわゆる武家奉公人だから普通なら口も利けねえが、末の姫君の小太刀の相手として大目に見てくれたのだろう」

「お屋敷内に道場があったのですか、それとも基姫さまはどこかの道場に通っておられたので」

武家のこととなると、信吾はからきしわからない。

「基姫さま、もとい」と権六は苦笑し、言い直した。「モトさんは奥方、つまり母上に小太刀を教わっていたが、素質があったのだろうな。十五歳になると、母上はまるで歯が立たなかった。だからモトさんが、庭でおれたちと竹刀や木刀を交えるのを、大目に見てくれたということだ」

　モトが道場に通っていなかったことはわかったが、屋敷内に道場があったかどうかは不明だ。母親が娘に手ほどきするなら、庭先でだってできるからである。それに屋敷内にあったとしても、権六たちを相手にするなら道場は使わない、いや使えないはずだ。

「そういう楽しい幸せな日々は、長くは続かなかったようですね」

「ま、今を見りゃ、めおと相談屋の信吾には一目瞭然だろうよ」

「二十年ほどまえ、それは突然やって来たのですか」

「ということだ。もっとまえからギクシャクしてはおったようだが、おれたちにはそういう事情はわからん。不意に来たとしか思えなんだからな」

「改易になったということでしょうか」

「モトさんの家は代々厳格で、筋が通らなければ頑として受け付けぬし、上の者に対しても遠慮せなんだ。頑固一徹というやつよ。当然だが賄賂などは突き返すゆえに、周りの者たちに煙たがられていたのだ」

　あまりの融通の利かなさにうんざりし、追い落とそうとした連中が、慎重に計画してそれを実行に移したのである。莫大《ばくだい》な公金を横領し、その罪を同僚に被《かぶ》せようとしたという証拠を突き付けた。事実無根、潔白を主張したが、さまざまな、おそらくは偽造された書き付けや、仕組まれた証言に覆されてしまった。

そこに至って自分が罠《わな》に嵌められたと知った父親は、累《るい》が及ばぬよう妻と娘を離縁した。そして首謀者三人が追い落としの成功を祝しての酒宴の席に、長男次男とともに斬りこんだのである。三人を叩《たた》き斬り、取り巻きの何人もを殺傷した父と息子たちは、その場で腹を掻《か》っ捌《さば》いて果てた。

急使が屋敷に駆け付けたとき、母親は咽喉《のど》を突いて自害し、長女は髪を落としていた。自分も自害すると言い張ったが、母のたっての願いで泣く泣く尼になり、両親と兄たちの菩提《ぼだい》を弔うことにした。

となると、気になることは一つである。

「男の兄弟は二人ですが、女は何人だったのですか」

「二人だ」

「すると、モトさんは」

「妹姫ということだな。事情が事情だけに多くの親戚が尻込みしたが、それでもある親類が引き取ってもいいと申し出たそうだ。だがモトさんは、それを丁重に断った」

御家《おいえ》が断絶となったので、家士や奉公人は散り散りになった。権六にはその後の基姫のことはよくわからない。ただ漏れ聞いた噂《うわさ》では、どうやらこういうことらしい。

「平気で人を陥れる者がいるかと思うと、それに対してどうすることもできぬからと、相手を斬り殺して自分も割腹して果てる。そこまで愚かで浅ましい武家というものには、ほとほと愛想が尽きました」

　基姫は乳母でもあった奉公女の一人に、そう語ったそうだ。

「悪人についてはともかく、亡くなられた親兄弟まで悪《あ》しざまに申されるのは、いかがなものかと思いますが」

　奉公女がそう言うと基姫は首を横に振った。

「わたくしはこれまでの自分を打ち棄《す》て、別人として生きてまいります。ですから死んだものと考え、一日も早く忘れてもらいたい。決して捜したりせぬよう」

と言い残して姿を消し、その後の行方は杳《よう》として知れぬとのことであった。

ところが二十年も経《た》って、権六とモトはまさかの再会をすることになったのだ。

それまでの権六の話からすると、どうやら大名家ではないらしい。藩主家でなくても、老職と称される家老や中老は、狭いながらも藩邸内に屋敷を構えている。だがこれまでの話からは、老職家の姫とも考えにくかった。

　しかし家来がかなりいたらしいので、御家人でもないだろう。信吾は旗本、それもそこそこの大身だという気がした。

　以下は波乃と権六の話から、信吾が考えを整理したものである。

　春秋堂の奉公人になったのは、モトが素養として琴や琵琶を弾じたからであった。基姫時代には、春秋堂から楽器を取り寄せ、試奏したのちに購《あがな》っていた。

そこその武家屋敷に琴などを持ちこむとなれば、番頭や手代ではなくあるじの役目となる。錦の袋に納めた琴を手代か小僧に担がせ、善次郎がお屋敷を訪ねる。供の者を伴った姫が、直接春秋堂に出向くことはなかったからだ。

御家が断絶となって両親と兄たちが自害し、姉が剃髪《ていはつ》したため、基姫は善次郎に働かせてもらいたいと持ち掛けたのである。夫から事情を聞いたヨネは、モトを自分の身近に置くことにした。

善次郎とヨネは、奉公人は当然として、娘の花江と波乃にもモトの出自を洩らさなかった。見世に出して客の相手をさせることもなく、親しい来客があっても茶を出させはしない。

善次郎とヨネはモトが基姫であったことを、だれにも知られぬように、ひっそりと住まわせたのだ。そうしながらヨネはモトに、町家の女としての知識、世間的な常識、さまざまな商売のことなどを根気よく教えた。

武家と武家社会を見限ったモトは、懸命に学んだのであった。

モトは春秋堂において、ほとんど花江と波乃の教育係、世話係に徹したのである。そのようにして二十年ほどを生きたモトは、だれが見ても町家の女としか見えなかった。

もともとひと握りを除けば、武家と町人の接触はほとんどない。モトが波乃に付いて黒船町の借家に移ったころには、かつての面影を探しても見付けられなかったはずである。たまたま基姫を知っていた人が見ても、せいぜいよく似た人だと思ったくらいではないだろうか。

信吾は自分の想像が、あながちまちがっているとは思えなかった。

「そのときモトさんは、何歳だったのでしょうか」

「十六、いや十七になっておられたか」

するとと現在のモトは、三十八歳か三十九歳となる。信吾は四十路《よそじ》になっているのではないかと思っていたが、それは物静かで落ち着き払った物腰と、常に地味な着物を身に付けているせいかもしれない。

「おれのほうは、知りあいの家を転々としているうちに浅草に居付き、なにかとあって岡っ引の手下になったってことだ」

「すると、浅草には何年ほどまえに」

「そうさなあ。かれこれ二十年近くなるだろうよ」

「ふしぎですね」

「なにがでえ」

「モトさんは春秋堂に奉公して二十年あまり、親分さんは二十年近く、ともに浅草に住みながら一度も会っていないのですから」

「信吾に言われるまで気付きもしなかったが、そういうことだな。縁がなかったってことだろう」

「そうじゃないと思います。モトさんは奥さまと二人のお嬢さま付きの上女中ですから、買い物や用足しはしませんからね。まず考えられませんが、もしかするとたまにお供で浅草を歩くことはあったかもしれません。だけどお互いに浅草に住んでることを知らないのですから、擦れちがっても気付かなかったと思いますよ」

劇的な再会のあとも権六は、信吾や波乃と話すためにときどき母屋を訪れている。しかしモトが同席して歓談することはなかった。

権六が来ていることは声でわかっているはずなのに、モトは挨拶に出ない。なぜか権六が帰った直後に、お替りの茶を持って来たりするのである。

なるべく避けるようにしていたとしか思えないが、当然だろう。迂闊《うかつ》にも声を掛けてしまいはしたものの、本来なら言葉を交わすことも考えられぬ者同士なのだから。

「てことでな、わしとモトさんとの関わりはそれだけだよ。このご面相では、身分ちがいの恋とやらも起こるはずがねえしな。若くて張り切っている相談屋のあるじさんには、拍子抜けだったたろうが」

波瀾万丈《はらんばんじょう》のモトの半生には驚かされたが、二人の関係は権六の語ったことに尽きるだろう。誇張したり付け足したりしたとは、信吾にはとても思えなかった。

「モトさんが春秋堂にもどるのは二十三日、おそらく昼食後にひと休みしてからになるでしょう。ですから、それまでに一度いらしてくださいよ、親分さん。春秋堂にもどれば、会うことはできなくなるでしょうから」

「おう。考えておこう」と言って権六は、両手で膝を叩いておおきな音を立てた。「ほんじゃ、そろそろ引き揚げるとするか。俄雨《にわかあめ》になりそうだ」

　権六に言われて空を仰ぐと、川面の中空に浮かんでいたミヤコドリは姿を消し、空一面がいつの間にか灰色や黒い雲に覆われていた。もしかすると、と思って大川の岸辺を見ると案の定であった。

「親分さん。ここでお別れしてもよろしいでしょうか。ちょっと知りあいと」

「かまわんとも」

　言いながらも権六は、周りを見渡して首を傾《かし》げた。それらしき人物の姿がなかったからだろう。

　ひどいガニ股の権六は、体を左右に揺すりながら、下流ではなく上流に向けて歩いて行った。今戸に用があると言っていた権六が、上流に向かうのはなんのふしぎもない。そちらに今戸町があるからだ。

　しかし用があると言いながら、信吾と一刻半（約三時間）ほどもすごしたのである。どうやら今戸は口実で、初めからモトのことを話すつもりだったという気がしてならない。

信吾が大川の岸辺に向かうと、岸近い浅場に二匹が水面から首を出していた。夜釣りのとき幼馴染の寿三郎の実家、福富町の仏壇と仏具の老舗「極楽堂」が、賊の一味にねらわれているのを教えてくれた川獺《かわうそ》である。

あのときは権六の尽力で、賊を一網打尽にすることができたのだ。

二匹だけということは、五匹いた仔《こ》らは独立したか、別行動を取っているということだろう。

——波乃さんは元気にやってるの。

そう訊いたのは雌の川獺である。

——ありがとう、元気にやってるよ。子供たちは恙《つつが》なく暮らしているだろうね。

——なんとか、かっつかっつでやっとるようだ。しかし、夜釣りのときの四人もそうだったが、信吾の付きあう相手に悪いのはいないな。

——えッ、どういうことだい。

——さっきのあの、どうしようもなく人相の悪いやつ。

川獺にかかると権六親分も形なしである。

——そう言うなよ。本人も口には出さないが、気にしているようだから。

——ありゃ、顔は悪いが、見た目ほど悪いやつじゃない。

川獺の言った「ほど」に、信吾は思わず噴き出しそうになった。川獺は実にうまく言ったが、まさに権六は見た目「ほど」悪いやつではない。それにしても、これほど見た目で損をしている男は、お江戸は広しと言ってもまずほかにいないだろう。

——本人になんと言ったらいいか迷うよ。

平べったい頭と、よく動く円《つぶ》らな目をした川獺夫妻とのたわいない会話は、信吾にとって絶好の息抜きとなった。

権六は俄雨を心配していたが、どういう加減か、厚く垂れこめていた雲が急激に薄れると陽《ひ》が射《さ》し始めた。夜行性の川獺は、明るい所ではほとんどなにも見えなくなってしまうので、退散するしかないようだ。

——ほんじゃ、信吾。また会おうぜ。

——波乃さんによろしくね。

——子供たちにも、顔を見せるよう言っといておくれ。

ちいさな水音を残して、川獺の夫婦は水中に消えた。

六

権六親分とたっぷりと話し、川獺の夫婦とも楽しいひとときをすごしたので、将棋会所にもどると昼に近かった。ほどなく大黒柱に鈴の合図があったので、信吾は先に常吉を食事に行かせ、入れ替わって母屋にもどった。

常吉は昼飯を一人で食べ、波乃とモトは信吾を待っていっしょに食べる。

ほとんどの家が日に一度、朝か晩にしかご飯を炊かない。商家では仕事を始めるまえに体力を付けねばと、朝にご飯を炊いて煮物、焼き物、揚げ物のどれか一品を付ける見世が多い。あとは漬物と味噌汁《みそしる》だ。

そのため昼と晩は冷や飯かお茶漬けに、やはり漬物と味噌汁となる。

宮戸屋の客入れは昼間が四ツから八ツ（二時）、夜は七ツ（四時）から五ツまでで、夜は終わってから片付けをしなければならない。そのためもあって、夕食は仕事の合間に交替で掻きこむため、炊き立てのご飯にちゃんとした惣菜《そうざい》が付くのは朝だけであった。

波乃の実家の春秋堂もやはり朝が主である。しかし信吾のところでは、モトが波乃に料理を教える意味もあって、晩にご飯を炊いてお惣菜を付けるようにしていた。

「駒形堂の裏手に川獺がいてね」と、信吾は波乃に話し掛けた。「仔らは巣立ったらしくて、夫婦だけだった。波乃によろしくって言ってたよ」

信吾がそう言うと波乃はおかしそうに笑った。川獺と話したと言ったのを、冗談だとモトに思わせるためだろう。もっともモトにしても、信吾が生き物と話せるとは思ってもいないはずである。

「駒形堂まで行かれたのは、川獺と会う約束でもしていたのですか」

波乃は冗談の続きのように問い掛けた。

「権六親分が来たので、駒形堂まで散策と洒落たのさ。波の上が初手柄を立てたのを話したら大喜びでね」

「親分さんがお見えだったのなら、お茶ぐらい出しましたのに」

「今戸に用があったらしい。途中だからちょっと将棋会所に顔を出して、常連さんたちに挨拶したかったんだろう。波の上は仕込み方と教え方がいいんで、良い番犬に育つだろうと褒めていた。あとで常吉に教えて喜ばせてやらんとな」

波乃やモトの反応からは、常吉はやはり権六が会所に顔を見せたことを話していなかったようだ。朝や晩のように信吾たちと四人でそろって食べるならともかく、昼は一人で食べるので、話す気になれないにちがいない。育ち盛りの常吉は、腹一杯食べることしか考えていないのだろう。

それでいいのである。モトがあとで知ったら気分が良くないだろうから、それとなく話しておいただけなのだ。

「泥坊を甘やかしちゃならんと言われたよ、親分さんに。そのときは涙を流しても、かならず盗みを繰り返すそうだ」

「人を見たら泥坊と思え、の諺《ことわざ》どおりでございますよ」と、モトが言った。「大体が、旦那さまも奥さまも、お人が好すぎます。生まれながらの悪人はいなくて、人が悪人になるのは世の中が悪いからだ。そのためには、まず世の中を良くしなきゃならん。理屈ではそうだとしましても、よくそこまでいいほうにいいほうにと、考えられるものでございますね」

「モトにかかったらかなわない。それじゃわたしは、まったくの世間知らずってことになるじゃないか」

「でなければ、相談屋を開こうなどという気は起きないでしょうから」

それにしても強《きつ》いことを平然と言えるものだと、感心するしかない。

「モトはもう少しで春秋堂にもどるから」と、波乃がモトの思いを代弁するように言った。「ここでちゃんと言っておかなければ、あたしたちの人の好さに歯止めが掛からないと考えているのね」

「笑いごとではございませんよ、奥さま」

「そこまで心配ならもう一年、せめて半年いてちょうだいよ。そうしてもらえば、あたしも心強いわ」

「そうはまいりません」と、きっぱりとモトは打ち消した。「わたくしは大奥さまに、波乃さまは頭も勘もよろしく、わずか半年で料理をすっかり習得されましたと、お伝えせねばならないのです」

「だけどそれは、モトがいかに教え方が上手であるかってことでもあるわね」と波乃にしては珍しく、皮肉な言い方をした。「だから出来損ないの波乃ですら、たった半年で身に付けられましたって」

「おい、波乃」と、信吾は思わず言ってしまった。「いくらなんでも、師匠に対して失礼だろう」

「いけない」と、波乃は舌を出した。「言いすぎでした。ごめんなさいね、モト」

「いえ、謝らねばならぬのはわたくしでございます。年甲斐《としがい》もなくムキになって、失礼いたしました」

「あーあ。それにしても、モトが春秋堂にもどるとなると心細いわ」

「大丈夫ですよ。波乃さまなら立派にやって行けますとも。なぜなら大奥さまが、波乃さまは世の中とのズレがひどすぎると、そうおっしゃいましたから」

「あら、ズレがひどすぎるのが、どうして大丈夫に繋《つな》がるの」

「中途半端はダメですが、波乃さまは半端ではありませんから、あらゆるものを超えてしまわれるのです。これほど強いことはございませんよ。波乃さまなら絶対大丈夫です。このモトが、太鼓判を捺《お》してもよろしゅうございます」

その言い方が大袈裟だというので、あとは大笑いとなった。権六親分なら駄洒落の、「常陸国《ひたちのくに》は大洗《おおあらい》、とんだ大笑い」が出そうなところだ。

波乃やモトといっしょになって笑いながら、信吾はふしぎな思いに囚《とら》われていた。

「人を見たら泥坊と思え」辺りからあとのモトの言葉は、どう受け取るかで相当に意味がちがってくるからだ。

例えば信吾がよく口にする「生まれながらの悪人はいない」だが、モトの父は良く思っていない連中の奸計《かんけい》によって、身に覚えのない罪を着せられた。冤罪《えんざい》を晴らすことができないとわかって、息子たちと首謀者三人を叩き斬ったのである。その結果として両親と二人の兄が自害し、姉が落飾して基姫一人が取り残された。

信吾はつい先刻、権六親分の口からその事実を聞かされたばかりであった。人が悪人になるのは世の中が悪いからで、悪人をなくすためには世の中を良くしなければならないなどとは、モトの体験を知った今ならとても言えることではない。

だがたしかにそう言ったことがあったし、その思いは今も信吾の心底にある。

理屈ではそうだとしても、よくそこまでいいほうにいいほうに考えられますね、とのモトの言葉を基姫の言葉として受け止めると、腹にズシンとこたえる。

自分は人の本質がまるでわからず、ぼんやりと夢を見ている人の好い若僧でしかないのか。「でなければ、相談屋を開こうなどという気は起きないでしょうから」との痛烈な言葉こそ、モトの本音なのだ。

信吾が権六に、基姫にまつわる悲惨な物語を聞いたとは知らぬモトは、世間話のように淡々と語った。だがそれは信吾や波乃に対する、救いようのない失望であったのだろう。

波乃とモトは会話を続けているが、信吾はいたたまれなくなって席を立った。

「将棋会所に顔を出すよ」

言い残すと沓脱石《くつぬぎいし》の日和下駄《ひよりげた》を突っ掛けた。

柴折戸《しおりど》を押して会所側の庭に入ったとき、信吾は思わず溜息《ためいき》を吐《つ》いていた。そんな信吾を波の上が見あげている。いつもは「ワン」とひと声吠《ほ》えるのだが、今日はだまって尻尾を振るばかりだ。

実力者同士の息詰まる鍔迫《つばぜ》りあいもあるが、将棋会所「駒形」は相変わらずのどかである。対戦中のご隠居さんの双方が、指しているうちにいつの間にか居眠りを始めてしまった組さえあった。

ふらりとやって来た客が、壁に貼られた料金表にある対局料の付記、

席亭がお相手いたします
負けたらいただきません

を見て、勝負を挑んでくることがたまにある。そんな客でもあれば気が紛れるのだが、こんな日にかぎって現れず、常連客との手合わせも指導対局もなかった。手習所の休日

には子供たちがやって来るが、今日はあいにく休みではない。

となるとどうしてもこれまでの会話について考えてしまい、いつの間にか堂々巡りになっていた。

そのうちに、駒形堂の裏手で権六と話したことで、もやもやした部分があることに気付いた。

権六が「まんまと引っ掛けやがった」と言ったのである。まるで権六とモトのことを知りたがっている信吾が、策謀によって権六のほうから持ち掛けたように、巧みに事を運んだと言ったのだ。たしかに形の上ではそのような流れで、権六が無理やり信吾に言わされたように取れないこともない。

ところが信吾にすれば、話が自然とそのように流れたとしか思えなかった。自分でもふしぎなくらい、あれよあれよという間に、権六がモトのことを話さねばならないようになったのだ。

そもそも、それが初めからの権六のねらいだったのかもしれない。だとしても、なぜそのようになってしまったのだろう。

権六は信吾に、モトのことを話したかったのではないだろうか。

なぜ？

それだけ魅力的な人物だからだ。しかもそれが、信吾たちにはわかっていないと思ったからだという気がする。かつて中間か小者として仕えたことのある権六は、なんとしても基姫の魅力を、真《まこと》のモトを伝えたかったのだ。

二人をまえにしては話せない。信吾だけならともかく波乃がいては、気の弱い権六はしどろもどろになると言って笑わせた。しかし結局は、信吾を相手に洗い浚《ざら》いとまではいかなくても、重要なことは打ち明けていた。

実は権六はモトのことを話したくてたまらなかったが、自分から進んで話したように思われたくなかったのではないだろうか。だから信吾が誘導したように見せながら、事を運んだにちがいない。

ただし簡単でないことをわからせるために、さらに巧妙な手を打っていた。

自分が話すための条件として、権六とモトが知りあってからの年数と、二人が別れてから再会するまでの年数を中てさせるという困難な枷《かせ》を嵌めた。それがいかに難しいかをわからせるために、前後三年あわせて六年の誤差内であること、との条件を付けたのだ。

権六は、信吾が運のいい男で、二つともぎりぎりのところで外れなかったと言った。それを知って、信吾はホッと安堵《あんど》の息を吐いたのだった。

だがその正否を知っているのは、権六ただ一人である。中たりと言ってもちがっていると言っても、信吾にはわからない。

二人が知りあってから三十二年、その十年後に別れて、二十二年振りに再会したと信吾は言った。だがちがった年数を出しても、権六は中たりと言ったはずだ。なぜなら信吾の運の良さを理由に、権六はどうしても話したいことがあったからである。

そんな細工をしてまで、権六にとってモトは伝えるだけの価値、魅力のある女性だったのだろう。

なにがすごいと言って、自分が拠《よ》っていた武家の社会と訣別《けつべつ》したのである。その見事さ、潔さは、基姫が乳母でもあった奉公女に語った次の言葉に尽きる。

「平気で人を陥れる者がいるかと思うと、それに対してどうすることもできぬからと、相手を斬り殺して自分も割腹して果てる。そこまで愚かで浅ましい武家というものには、ほとほと愛想が尽きました」

基姫はきっぱりと武家を捨てた。これは容易にできることではない。だが真にすごいのは、武家は捨てても名を捨てなかったことである。

基姫は春秋堂で働かせてもらいたいと善次郎とヨネに相談したが、名は捨てず変えなかった。

モトが基であると信吾が知ったのは今日である。これまで波乃の世話係としての奉公人モトは、信吾にとってただのモトでしかなかった。モトがどういう字であるかなど、考えたこともなかったのだ。

それがわかると同時に、基という名が本人と家族のとんでもなく重いものすべてを、背負っているのを信吾は知った。だからこそ基は、武家は捨てても名は捨てなかったと思ったのである。

それが、武家娘であったモトの矜持《きょうじ》だったのだろう、と。

だからモトは独身《ひとりみ》を通しているのか。信吾は波乃といっしょになって半年ほどになるが、モトの家族に関しては、権六に聞かされて知ったばかりであった。波乃からモトの夫や子供について聞いていないのは、いなかったからなのだ。

両親と二人の兄が自害して姉は尼になった。そんな基姫がモトになって果たして家族を、夫や子供を持とうという気になれるだろうかと、信吾は暗澹《あんたん》たる思いに囚われた。

権六の話を改めて整理してみて、信吾はモトと名前の関係がようやくのこと理解できた気がした。

モトは名だけは捨てなかったのではない。なにもかもを喪《うしな》って、名だけが残ったのだ。いや、名だけしか残らなかったのである。

それにしてもなんたる人生、いや、半生であることか。

午後はモトのことが頭の中で渦を巻き、錯綜《さくそう》して、混沌《こんとん》としたままますぎて行った。

七

夕食を終えて八畳の表座敷に移った信吾は、権六に聞いた内容をすぐには波乃に話そうとしなかった。

モトが食器洗いや片付けをしていたし、近ごろは五ツ前後までは人が訪ねて来ることもある。そんなときに波乃が瞼《まぶた》を赤く泣き腫らしていては、要らぬ心配を掛けてしまうからだ。

ということは、信吾は波乃が権六の語ったモト、つまり基姫の話を聞けば、泣かずにいられないと確信していたということになる。

信吾は駒形堂の裏手で会った川獺や、ときどき庭の梅の古木に来る梟《ふくろう》の福太郎、知りあったときは豆狸《まめだ》だったが、今では人で言えば青年に成長した若狸《わかだぬき》、それら生き物に関するたわいない話題を選んだ。

そして四半刻（約三〇分）ほど待ってから、権六に聞いたモトについてのあれこれを話し始めたのである。

基姫の父が悪巧みに遭う場面に差し掛かると、早くも波乃は顔を強張らせた。罪を被せられた父親が身の潔白を訴えても、ことごとく覆される辺りで、涙が盛りあがったと思う間もなく流れ、それを皮切りに滂沱《ぼうだ》と溢《あふ》れた。あとは止《と》め処《ど》がなかった。懐紙で押さえたがたちまちにして用をなさなくなり、波乃は懐から手拭を取り出して拭った。そうしながらも目を見開いて、懸命に信吾の話を聞き続けたのである。

父親が妻と二人の娘を離縁してから、息子たちと斬りこんだときには、溢れる涙はそっちのけに、手と手拭で口を塞いでしまった。そしてしゃくりあげるように、体を間歇《かんけつ》的《てき》にひくつかせたのである。

続いて独りきりになった基姫が、かつての乳母でもあった奉公女に語った部分。愚かで浅ましい武家に愛想を尽かせるところに至ると、波乃はそれ以上堪《こら》えられず、両手で顔を覆ってしまった。肩が激しく上下する。

奉公人部屋にモトがいるからなんとか耐えているが、そうでなければ身も世もなく号泣したことだろう。

哀《かな》しみに必死に耐えながら身悶《みもだ》えする波乃を見るのは辛かったが、ここで止める訳にはいかない。その哀しみを乗り越えさせなければ、胸がズタズタに引き裂かれたままで、傷は生涯にわたって消えないかもしれないからだ。

基は死んだものと考えて少しでも早く忘れ、決して捜さぬようにと告げたところになると、涙はほとんど出尽くしていたようだ。

「忽然《こつぜん》と姿を消した基姫を救ったのは」

そこで信吾は中断した。

両手で顔を覆ってなおもひくつかせていた波乃の体が、信吾の言葉が途絶えてしばらくすると静止した。

なにが基姫を救ったかを、敢えて信吾は言わなかった。なぜなら続く遣り取りで、波乃のそれまでの哀しみを払拭するだけでなく、一気に逆転させたかったからである。

「忽然と姿を消した基姫を救ったのは」

信吾がおなじ言葉を繰り返すと、顔を覆い隠していた両手の指にわずかな隙間ができ、その隙間が徐々に開いていって、開き切ると波乃の瞳が信吾を見た。見詰め、次第に輝きを強くしてゆく。

唇が震えたが声は聞こえなかった。

だが、ふたたび震えたときには、明確な声となった。

「春秋堂」

信吾はおおきくうなずいた。

「春秋堂。……そして、……父と……母。……ですね、信吾さん」

胸にこみあげてくるものがあるからだろう、波乃は途切れ途切れにしか言うことができなかった。

「そうだ、……春秋堂。……そして、父上と……母上だよ、波乃」

信吾は波乃の言ったことをほぼなぞったが、やはり途切れ途切れになってしまった。波乃の真似《まね》をしたのでもなければ、故意にそうしたのでもない。なぜかこみあげるものがあって、途切れてしまったのである。

「善次郎さんとヨネさん。波乃のご両親はモトさん、基姫さまの秘密を守り抜き、守り通してきた。今も頑《かたく》なに守っている」

「そう言えば父も母も、ひと言も話してくれませんでした。モトさんについてなにか訊いても、いつもはぐらかされてしまったの」

お付きの世話係なのでこれまではモトと呼び捨てにしていたが、いつの間にかモトさんに変わっている。

信吾は権六の話をもとに想像を含めて語ったことについて、波乃にたしかめたいことがあった。

「ご両親は花江さんにも波乃にも、当然だけど奉公人にも、モトさんについて明かさなかった。慎重が上にも慎重で、どれだけ慎重かと言うと、ご両親はモトさんに、見世で客の相手をさせなかったはずだ」

「そうなの。どうしてって訊いたら、姉とあたしの世話係でいろいろと教えてもらう特別な奉公人だから、見世には出しませんって」

「出せません」でなく「出しません」となると、そこにヨネの強い思いが働いているのがわかる。

「親戚の人とか、親しくしているお客さんがいらしても、お茶はべつの奉公人に出させていただろう」

「はい。やはり、おなじ理由で」

思ったとおりである。

「春秋堂さんの上客には、お大名や大身のお旗本のお屋敷に出入りしている人がいるかもしれない。いや、いるにちがいない。基姫さまを見知った人がいたら、ちょっとした騒ぎになるはずだ。そのとき騒がなくても、春秋堂に奉公しているモトさんは、実は没落した某大名家、あるいは某旗本家の基姫さまらしい、と噂になるに決まっている。そして、噂はたちまちにして広まってしまうものなのだ。だからご両親は客や奉公人だけでなく、実の娘たちにもモトさんの秘密を話さなかったのだろう」

「モトさんもすごいけれど、父と母も負けずにすごい。あたしは両親が、それほどすごい人だとは思ってもいなかった。モトさんを救うことだけを考え、そのために秘密を守り抜いたのですものね」

「それも、二十年以上もね。できることじゃないよ」

「お武家のお姫さまの基姫さま、だったからなのね」

「なにがだい」

「頑固一徹なお父上の血を受けたのだと思います、基姫さまは。大抵のことには動じないし、一本筋が通っていますもの。モトさんは曲がったことが大嫌いで、嘘《うそ》を吐いたからってひどく叱られたことがありました。あまりにも厳しかったので、泣いて母に訴えたんです。二人から事情を聞いた母は、それはモトが言うことがもっともです。謝りなさい、波乃って」

「謝ったんだね」

「ええ。だって、あたし嘘を吐いてたから。ちっちゃな嘘だけど、嘘は嘘。だけどあのときわかったの。悪いことをすれば、たとえ自分を産んでくれた母親であろうと、守ってはくれない。助けてはくれないんだって」

「モトさんは偉い。母上も偉い。波乃も偉い。みんな偉い」

お道化《どけ》た言い方に聞こえたのか、波乃は噴き出したが、信吾は大まじめだった。そうとしか言えなかったのだ。

「それは断じてなりません。人の道に悖《もと》ります」

「おい、波乃。ちょっと待ってくれよ。偉いと思った人を褒めただけなのに、わたしがどうして人の道に」

「モトさんによく、そう言われたの」

見事に肩透かしを喰わされた。

「波乃はモトさんの教えを受けたから、こうなったんだと納得できたよ」

「こうなったって、どうなったのかしら」

まるで言葉遊びだ。

「波乃を教えたモトさんに、こんなふうに言わせたのだからね。波乃は世の中からひどくズレているけれど、ズレ方がとてもいい具合で、そのズレがなによりの波乃らしさだ。だから自分の感じたこと、思ったことを貫き通すようにって。波乃のズレは半端ではないから、あらゆるものを超えてしまうって太鼓判を捺されたんだ、あのモトさんに」

「考えてみるとたいへんなことなのね」

「考えるまでもなくたいへんなことなんだよ。モトさんに一本筋が通っているように、モトさんに教えられた波乃にはしっかりと筋が通っている。咲江おばあさまも巌哲和尚も、それを見抜いたんだな」

「話が飛びすぎではありませんか」

「だからおばあさまは、二人を破鍋《われなべ》に綴蓋《とじぶた》だと、手を叩いて喜んでくれたんだ。わたしの妻になる波乃ですと紹介したら、和尚さんがあんなに喜んでくれたのは、だからだったんだと、今それがよくわかったよ」

「でも、すごい大人の人っていっぱいいるのね。モトさんは基姫さまで、たいへんなものを背負いながら生きてらっしゃるし、巌哲和尚さんは奥さまと息子さんを亡くされて出家なさった。権六親分や瓦版書きの天眼さんに教えられるまで、あたしたちはそんなこと、知りもしなかったんですもの」

「モトさんと巌哲和尚さんだけじゃないよ。程度の差こそあれ、だれだって荷物を背負って生きている。波乃のご両親だってそうだ。生涯、モトさんの秘密を守り通さねばならないし、しかもそればかりではない。ほかにもいろいろと苦労はおありだと思う。瓦版書きの天眼さんは、権六親分によると町奉行所の腕利きの同心だったそうだ。戯作者《げさくしゃ》だとわかった寸瑕亭押夢さん、逆虎《さかとら》さんや夕七さんなんかの相談客だって、たいへんなものを背負っていそうだもの。将棋会所のお客さん、甚兵衛さん、桝屋良作さん、太郎次郎さん、源八さん、ほかのみなさんだってね」

「だれもが荷物を背負って、生きているのですね」

「生きていくには、言ってはならないことと言わねばならないことがある。それをしっかりと守らないといけないんだ。気を付けなければならないのは、言ってはならないことは言わぬように、言わねばならないことはちゃんと言うということだ」

「口で言えばなんでもないことですけど、難しいですね。つい、その逆をやってしまいそうで」

「三猿《さんえん》って言葉があるだろう。さんざるとも言うけれど」

「見ざる、聞かざる、言わざる、ですね」

「三猿は今言ったことを、わかりやすく示していると思うんだ。それぞれ目と耳と口を塞いだ、真ん丸い目をした剽軽《ひょうきん》な三匹のお猿さん。絵とか彫り物になっているから、三猿と言うと両手で目と耳と口を押さえた猿を、だれもが思い出す。見てはならぬものを見ぬように、聞いてはならないことは聞かないように、言ってはいけないことを言わぬようにと、三猿の絵や彫り物、置き物なんかを見るたびに、頭に叩きこまれるってことさ」

「でも、ならぬばかりですね。言わなきゃならないことを、ちゃんと言うようにってお猿さんはいないわ」

「言われちゃ困る人たちがいるってことだよ。見るな、聞くな、言うなと言われ、黙ってそれに従う者は扱いやすい」

「基姫さまのお父上は、それがいかにひどいことかを示したかったのかしら」

「死ぬ覚悟でなければ、できないことだったからね」

「だからこそモトさんは、武家であったことは簡単に捨てられたけれど、名前は絶対に捨てなかったのですね」

本当は捨てなかったのではなく、すべてを喪って名前だけしか残らなかったのである。それについては、いつか波乃に語ることもあるだろう。

「ということだから、モトさんの件はここまで。本人はもちろんとして、波乃のご両親、花江義姉《ねえ》さんたちに、ここで知ったことは決して明かしてはならない。だけど波乃ならできるよね」

「なぜかって、めおと相談屋の相棒として、日々それをやっているからだとおっしゃりたいのでしょう」

「ご明察」

「だけど、今度という今度は自信がありません。だってモトさんが、いかにすごいことを強いられたかを知ってしまったのですもの」

「あんなに泣いたものね。波乃は稀に見る笑い上戸だと思っていたけど、それを凌《しの》ぐほどの泣き上戸だってことを、今日、それもついさっき知ったばかりだ」

「ですから、あたしもそれが心配なの。だって明日になったら、信吾さんの次にモトさんと顔をあわせるでしょう。見た途端に、さっき泣いたことを思い出すにちがいないもの」

「なあにやれるさ、波乃なら。なんたって並外れ、度をすごした、半端ではないズレ女《おんな》だからね。モトさんが言っただろ、あらゆるものを超えてしまうって」

「ズレ女かあ。格好いいから俳諧を作るときの号にしようかしら、いかにもそれらしく宮戸屋ズレ女《じょ》、なんて」

「宮戸屋は正吾が継ぐから、だったら駒形ズレ女だな。駒形は将棋会所の名だから、めおと屋ズレ女のほうがいいか」

「そうですね。相談屋ズレ女だと、相談してもズレちゃしょうがないって、お客さんが減るかもしれません」

「相談屋ズレ女かあ、かあなんてまるで烏《からす》だね。冗談はともかく、モトさんに教わり鍛えられた波乃なら大丈夫。だって人の昔のことや秘密を知ったぐらいで、自分が変わるってのは変だろう。巌哲和尚はこう言われた。その人だけを見よって。身分だとか財産とか実績、そんなものに惑わされると、人の本当の姿が見えない。見失うことになるからね」

「わかりました。基姫さまのことはひとまず横に置いて、モトさんに正面から向きあうようにします」

「それがいい。ただし、顔を洗って、瞼を冷やさないとね。そのまま寝てしまうと腫れぼったい顔になって、世話係のモトさんが心配するだろう」

八

信吾の朝の日課は決まっていた。

目覚めると厠《かわや》に立ち、なにはともあれ体をすっきりさせる。続いて母屋と将棋会所の伝言箱を改め、相談客からの連絡が書かれた紙片の有無をたしかめた。その日は一枚も入っていなかった。

次は庭に出て鎖双棍《くさりそうこん》のブン廻しである。回転の速度を調整しながら、鋼の鎖の繋ぎ目を見る訓練だ。

信吾の鍛錬は、夜は木刀の素振りと型、棒術と鎖双棍の型と連続技の繰り返しであった。それらは薄暗い庭でもできるが、ブン廻しだけは鎖の繋ぎ目を見極める必要があるので、明るい日中にかぎられる。将棋会所の仕事があるので、自然と早朝になるのであった。

おなじころ会所の庭では常吉が棒術に励む。信吾が六尺棒を自在に操るのを見てだろう、見よう見真似で稽古を始めた。変な癖が付いてはよくないので、信吾は基本から教えることにしたのだ。

夏場は「鶴の湯」の朝湯に浸《つ》かるか、稽古で汗を流せば庭に大盥《おおだらい》を出して行水した。

信吾と常吉が行水を浴びて体を拭き終わるのを待っていたように、波乃が朝ご飯の用意ができたと告げた。といっても朝はお茶漬けである。

波乃の顔はすっきりしていた。信吾の忠告に従って、寝るまえに丁寧に洗い浄め、冷水でよく絞った手拭で瞼を冷やしたからだろう。

信吾と常吉は板の間に移ると、モトに朝の挨拶をした。箱膳のまえに坐って両手をあわせ、「いただきます」と唱えてから食べ始める。

モトにも波乃にも、普段とちがうところが見られなかったので信吾は安堵した。モトは信吾が権六から二人のことを聞き、それを波乃に話したことなど知る由もないから当然かもしれない。

心配だったのは波乃だが、緊張や不自然さは微塵《みじん》も感じられなかった。幼女時代からモトの薫陶を受けたのが良かったのか、思った以上に肝っ玉が据わっているようだ。

信吾は黙りこくってもはしゃぎすぎても、ともかく普段とちがっていてはならないと意識した。だが一年半以上も相談屋で鍛えたのが良かったのか、思ったよりも自然に振る舞えたのである。

番犬の波の上の訓練について権六が褒めていたことを常吉に話したので、それがよかったのかもしれなかった。

「変に飛び掛かってゆくより、吠えて泥坊の身を竦《すく》ませたり、横やうしろから攻めて、ふくらはぎに咬み付いたのがよかったようだ」

「旦那さま」

「なんだ、常吉」

「波の上が手柄を立てたとなると、仕込んだてまえは波の上を頼んでいいですね」

褒美に好きな店屋物を頼んでいいぞと常吉に言うと、「だったら鰻重《うなじゅう》」と言ったので、奮発して中を取ってやったことがある。そして中は上中並の並の上だから、洒落て波の上と言うと教えてやった。それ以来、なにか頼んでいいぞと言うと、かならず「だったら波の上」と言うようになったのだ。

波乃といっしょになった信吾が空いていた隣家を借りて移り住んだので、将棋会所には常吉一人が寝泊まりすることになった。それでは用心が悪いので番犬を飼うことにしたが、信吾はおもしろがって常吉の口癖「だったら波の上」から、犬の名を波の上に決めた。

常吉の言った、最初の波の上は番犬の名、二番目の波の上は饅重の中、ということである。

「付けあがるのではありません、常吉」と、窘《たしな》めたのはモトであった。「手柄を立てたのは、常吉でなくて波の上でしょう」

「そうね。手柄を立てたのだから、波の上には波の上を取ってやろうかしら。だけど常吉は、お茶漬けで我慢しなさい」と、波乃がからかう。「そのかわり、何杯おかわりしてもかまいませんから」

「饅重だなんて、小僧の分際で贅沢《ぜいたく》ですよ」と、モトが追い撃ちを掛けた。「宮戸屋さんの、春秋堂もそうですが、饅重をご馳走《ちそう》してもらった奉公人なんていないんですから」

わかってはいたのだろうが、それでも常吉は情けなさそうにベソを掻いた。二十三日にモトが春秋堂にもどったら、そのうちになにか理由を付けて、波の上を食べさせてやろうと信吾は思った。

食事が終わって常吉が波の上の餌を入れた皿を持って会所にもどり、食後の茶を飲んでいるのを見計らったように、弟の正吾が父正右衛門が用があると呼びに来た。波乃とモトにちょっと宮戸屋に行くと伝え、柴折戸を押して正吾といっしょに会所の庭に入った。

時刻が早いので客はまだ来ていない。

常吉が将棋盤を据えてその上に駒入れを置き、盤の前後に座蒲団を並べていた。信吾は常吉に、宮戸屋に用があるので出掛けることを伝え、甚兵衛さんにも言っておくようにと頼んだ。

「お客さまがお見えの五ツまでにはもどれると思うけど、もしも遅くなったら、いつもどおりやっておくれ」

「はい、旦那さま」

「波の上には言っておいたかい」

「なにをでしょう」

言われた意味がわかっていて、常吉はそう答えた。

自分の名を呼ばれたと思ったからだろう、庭で番犬がひと声「ワン」と吠えた。

「どうやら言ってないね。声でわかったよ」

正吾にうなずき、格子戸を開けて道に出ると信吾は西に道を取った。大川沿いの道のほうが風情があるが、父を待たせる訳にはいかないからだ。

日光街道に出ると右に曲がって真《ま》っ直《す》ぐ北に進み、浅草広小路に出て西に折れた。すぐに東仲町で、両親が営む会席、即席料理の宮戸屋がある。

料理屋で忙しいのは料理人と、女将《おかみ》に仲居などの女子衆《おなごし》であった。しかし客入れの四ツにはまだ間があるからだろう、正吾が案内した坪庭に面した奥の離れ座敷には、母の繁と祖母の咲江も待っていた。

「波乃さんは元気にやってるかい」

二日前にも顔を見せたのに、咲江はそう訊いた。

「お蔭さまで元気にやってます。おばあさまもお元気なようですね」

「そう見えるかもしれないけど、寄る年波には勝てないよ」

コホンと空咳《からぜき》をしてから、正右衛門が信吾に話し掛けた。

「明日の夕方、黒船町のみんなに見世に来てもらいたいのだがね」

信吾とか波乃でなく、まとめてのときには父は町名で呼ぶようになった。個人を呼ぶときに、地名や町名を使う人はけっこういる。

「すると常吉もですか」

「モトさんへのお礼の席だから、小僧もって訳にはいかん」

「でも連れて来なさい」と、母が言う。「一人で留守番は可哀想《かわいそう》だから、見世で適当に食べさせるわ」

「モトさんが二十三日に春秋堂さんにもどるとのことなので、お礼をしなければと思ったのだがね」

父はそう言ったが、信吾が波乃に話したようなことを、両親と祖母も遣り取りしたらしかった。宮戸屋側としては長男の嫁に半年間も料理を教え、身の回りの世話係としてモトを付けてくれたのだから、春秋堂にもそれなりのお礼をするのが当然だと考えている。

春秋堂側としては料理のことを教えぬままに娘を送り出したのだから、人並みのことができるようにする義務がある。むしろお礼をしたいのはこちらだ、と主張するに決まっている。

商人《あきんど》同士、お互いがどう考えているかは、双方ともわかり切っているのだ。だから正右衛門は善次郎に会ってさり気なくその話をしたが、予想どおり当方こそお礼をしなければと言われたのである。

そこで正右衛門は、練っていた腹案を持ち出した。

「でしたら善次郎さん、こういう形で納得していただけませんでしょうか」

双方がお礼をしたいと主張しあっては、互いの気持に負担を掛けてしまう。この際、お礼の品を贈りあうのは止めにして、両家が集まってモトに礼を言い、いっしょに飲食を楽しむだけということにしましょう。

つきましては、二十二日の六ツ（六時）に宮戸屋までお越しください。ということで納得してもらったそうである。

宮戸屋が一席設けることになるので、春秋堂もなんらかの形でそれなりにとなるだろうが、それはそのときということだ。

なるほど商人は、いや大人と言ったほうがいいかもしれないが、何種類もの解決法を用意しているのだなと信吾は感心した。時と場合、状況次第で角突きあわせたり、意地を張りあったり、かと思うと心に負担を掛けぬよう、懐にも負担を掛けぬようという具合に塩梅《あんばい》するものなのだ。

「わたしと波乃もモトさんにはお礼をしたくて、どうせなら本人に気に入ってもらえるものをと思いましてね、正直に教えてほしいと持ち掛けたのですが、お礼なんてもったいない、お気持だけありがたく、と言うばかりで」

「奉公人ならだれだってそう言いますよ」と言ってから、咲江は訊いた。「で、二人はどうするつもりなの」

「買って贈るのはやめて、波乃と二人で手造りの品を考えています。二十三日に間にあうように、造っているところですが」

「だったら明日の宴《うたげ》に間にあわせなさいよ」

「でも父さんも母さんも春秋堂さんも、双方がなにもしないことで、お礼を言うだけにしたんでしょ」

「それはそうだけど、信吾と波乃さんだけはべつですよ。だって張本人、じゃなかった」と、咲江はむりに笑わせようとしたのだろうか。「いわゆる当事者でしょ。半年間、三人がおなじ屋根の下で寝起きしたんだから。それに買った物を贈るのではなくて、手造りなんだもの。だったら角が立たぬよう、うまく取り計らいますよ。そこは商人だもの。ねッ、正右衛門」

不意に母親に名を呼ばれたので、正右衛門は苦笑した。

それほど時間を取られなかったので、黒船町にもどったのはそろそろ客が集まろうかという時刻であった。信吾は将棋会所に出るまえに、母屋に寄って波乃とモトに、二十二日の宴の件を伝えた。

「すると常吉は」

二人が同時に訊いた。

「母が忘れずに連れて来るように、と言っていた。だから昼飯のときに、常吉に明日の夜は宮戸屋に行くと言っておいておくれ。常吉の食べる物は宮戸屋で用意してくれる。ただし」

「ただし、なんでしょう」

波乃とモトは怪訝《けげん》な顔になった。

「残念ながら、波の上は出せないそうだ」

ぷふッと波乃が噴いたのはともかく、モトまでもが噴き出して、気の毒なほど顔を真っ赤にしていた。

信吾はどことなく心が和み、妙にうれしくなった。波乃はよく笑う女なので当然だとして、モトが笑ったことなどなかったからだ。それも波乃とおなじおかしさを感じて笑ったらしい、となればなおさらである。

九

モトが二十三日に春秋堂にもどると信吾が波乃に言われたのは十九日で、その日を入れて五日しかなかった。

翌二十日の朝五ツという早い時刻に将棋会所にやって来た権六を、信吾は駒形堂に誘ったのである。

権六と基姫時代のモトの思いもしない関わりや、基姫の一家を襲った悲劇について信吾は驚くべきことを教えられた。

モトはおそらく二十三日の昼食後に、ひと休みしてから春秋堂にもどるだろうから、それまでに顔を見せるようにと、信吾は権六に言っておいた。一度《ひとたび》もどると、もう会うことは叶うまいと思ったからだ。

考えておこうと権六は言ったが、果たして顔を見せるだろうか。

二十一日の朝、信吾は父正右衛門に宮戸屋に呼び付けられた。翌二十二日の暮れ六ツから、春秋堂と宮戸屋でモトに感謝の小宴を張ると言われたのだ。

将棋会所にもどったものの、結局その日、午後になっても権六は姿を見せなかった。母屋に直接モトを訪れてもいなかったが、それは当然だろう。権六が信吾に挨拶せずに、波乃やモトに会うはずがないからだ。

宴の当日である二十二日朝、食事を終えると信吾と波乃は八畳の表座敷で、いつものように茶を飲んだ。ほどなく信吾が下駄を突っ掛けて庭に出ると、波乃もあとに続いた。なにか話があると察したのだろう。

内緒話というほどではないが、やはりモトには聞かれないほうがいいと信吾は思った。なにかの折に、二人のことを権六が喋ったかもしれないと思い至れば、モトが厭《いや》な気になるとわかっていたからである。

「親分さん、忙しいのかな」

どういうことかしら、と波乃が問いたそうな目を向ける。

「二十三日にモトさんが春秋堂にもどるから、それまでに顔を見せるようにと言っておいたのだけれど」

波乃はすぐには答えずに、少しのあいだ考えていた。

「忙しいのかもしれませんね」

信吾とおなじことを言った。

町奉行所絡みでは、いつなにがあるかわからない。殺人や強盗があれば直ちに動かなければならないが、捕縛、張りこみ、尾行、聞きこみ、と状況次第でどうなるかわからないのである。何日も掛かり切りになることすらあった。

だが信吾が考えたのはべつの理由である。

母屋で偶然に顔をあわせたときの二人のぎこちなさの理由は、それからほぼ半年も経った二日まえの二十日になるまで謎のままであった。

二十年ほどまえはおそらく大身旗本の姫君と、武家奉公人と呼ばれる中間か小者という関係であったのだ。長い空白期間があり、今では岡っ引と商家の奉公女である。多くの事柄とそれに付随した思いが去来し、冷静に顔をあわせることができないのかもしれない。

半年まえの思いもしない再会の折には、珍しく動顚《どうてん》してあのように声を掛けてしまったのだろう。ところが、さて改めてとなると話は弾みそうにないし、となれば楽しさよりも重苦しさが強くなることは明らかだ。口にこそ出さないが、波乃もまたおなじことを考えているにちがいないと、信吾はそんな気がしていた。

二人は梅の古木の幹を覆う苔《こけ》や、梟が止まっていた横枝を見るともなく見ている。梅の根本に生えた、蛇《じゃ》のヒゲとも猫玉とも呼ばれる龍のヒゲなどを見ていた。名前からは、とても蘭の一種とは思えぬ地味な草である。花は散ってしまったが、猫玉の由来となった青い実はまだできていない。

そうこうしているうちに生垣の向こうで、格子戸を開けて将棋会所に入って行く客の姿が散見し始めた。信吾は波乃にうなずいて見せると、柴折戸を押して会所の庭に入った。

その日も相談客はなかった。

母屋か会所を直接訪れる人は少なく、ほとんどは伝言箱への紙片で、日時や場所を指定してくる。七、八割が伝言箱への連絡である。

指導将棋と別料金での対局があったので、それだけで信吾の午前中の仕事は終わった。昼食後、信吾は暮れ六ツの四半刻ほどまえに出なければならないことを、念のため甚兵衛に伝えておいた。だが、七ツまえから勝負の付いた客たちが帰り始めた。七ツ少しすぎには、信吾は常吉とともに将棋盤と駒を拭き浄めることができたのである。

それもあって、四人は余裕を持って宮戸屋に着くことができた。信吾は羽織を着用し、波乃とモトはそれなりに着る物を整えていた。モトは奉公人ということもあって地味な身装であったが、信吾がそれまで見たことのない渋い茶がよく似合っていた。

常吉を見世の者に任せて二階の十二畳の間に入ると、ほどなく春秋堂の人たちもやって来た。

宮戸屋側は正右衛門と繁、咲江と正吾、そして信吾と波乃であった。春秋堂は前回より一人増えていた。三月に祝言を挙げた花江の婿滝次郎《たきじろう》である。あとは善次郎とヨネに花江であった。

小町姉妹と評判が高かったが、おおきくて輝きの強い目の波乃とちがって、姉の花江は雛人形《ひなにんぎょう》のような、小振りで纏まった顔をしていた。瓜実顔《うりざねがお》に形のよい鼻と唇、柳眉《りゅうび》に切れ長な目をしている。

花江は母親ヨネの血を、波乃は父親善次郎の血を、濃く受け継いでいるようだ。

「春秋堂の皆さま、本日はご足労をお掛けして、まことにありがとう存じます」と、正右衛門は頭をさげた。「どうかお楽に願います。ご本人は強く辞退されたのですが、それではてまえどもの気がすみません。春秋堂さんもおなじ思いとのことですので、ご無理を申して集まっていただいた次第です。モトさんへの感謝と、半年のあいだお疲れさまでしたとの思いで設けさせていただいた、ほんのささやかな宴でございます。丁度用意が整ったようですね」

正右衛門がそう言うと同時に廊下の足音が止まり、「失礼いたします」の声とともに襖《ふすま》が開けられた。仲居たちが次々と料理と酒を、銘々のまえに並べてゆく。

「まずは、料理に箸を伸ばしていただきますよう。酒食が進めば自然に口も滑らかになると思いますので、どうかお気楽にご歓談くださいますように」

先付は炙《あぶ》り穴子の焼き松茸《まつたけ》和《あ》えと松葉柚子《ゆず》で、穴子の骨と鰭《ひれ》、ぬめりがていねいに処理されていた。

前菜がむかごの玉子締め、車海老《くるまえび》の五色揚げと南瓜《なんきん》小倉煮《おぐらに》、秋刀魚《さんま》の利休焼き、吹き寄せ麩《ふ》であった。

社交の辞令でもあるのだろうが、舌鼓を打ちながら善次郎やヨネが、正右衛門あるいは繁に、素材の処理や味付けの工夫などをそれとなく訊く。

椀物が蒸し豆腐の薄葛仕立てで、人参《にんじん》、きくらげ、小松菜、百合根《ゆりね》におろし生姜《しょうが》があしらってある。

向付は平目の薄造りの塩ポン酢、浅葱《あさつき》と貝割大根、鶏冠菜《とさかのり》、茗荷《みょうが》剣《けん》となっていた。

一番若い正吾は、ころを計るように銚子を手にすると、春秋堂の善次郎と滝次郎の盃を満たして廻った。ヨネと花江、そしてモトにも向けると「ひと口だけ」と盃で受けた。

続いて正吾は正右衛門と信吾の盃にも注《つ》いだ。咲江、繁、波乃は、こちらも形式的に一杯だけ受けた。

「正吾さんはたしか、十八歳におなりでしたね」

「はい」

答えて声のほうを向くと、善次郎が銚子を持ちあげて、盃を取るよううながしていた。

「十八になれば立派な大人です。どうぞ」

「では、一杯だけ。お酒は不調法でして」

「そうでしょう」

善次郎は言いながら正吾の盃に酒を注いだ。

言われて正吾が戸惑っているのは、これまで「そんなことはないはずだ」とか、「飲める顔ですよ」などと言われていたからにちがいない。

「てまえも不調法でした」と、善次郎は片目を瞑《つぶ》って見せた。「お父上の正右衛門さんも、兄上の信吾さんも不調法。花江の婿の滝次郎も、なぜか」

「不調法、それも絵に描いたような不調法でして」

滝次郎は笑ってそう言った。

「この際だ、正吾さんにいいことを教えてあげましょう。ご両親やおばあさま、兄上には内緒ですがね」と、家族をまえにして善次郎は惚けた。「尾籠な話で恐縮ですが、酒を飲んでもどしたことはおありでしょうな、そのお齢《とし》なら」

「え、ええ」

「何度」

「二度ばかり」

「すると二勺《しゃく》となりますね」

「えッ、どういうことでしょう」

言われた意味がわからず、正吾は目を白黒させている。

「一度もどすと、一勺飲めるようになるそうです。十回ですと一合飲める計算ですね。酒の弱い人でも、そうやって強くなれるのですよ。十回で一合ということは、百回もどせば一升は飲めるようになる理屈です」

「千回で一斗だわね、春秋堂さん」と祖母の咲江が、極端な数字を出して笑わせる。

「毎日もどしても、三年がとこ掛かるけれど」

「正吾」

「はい。父さん」

「善次郎さんは楽器商のあるじさんだから、気を付けねばなりませんよ」

「おだやかじゃありませんね」と、抗議口調だが善次郎も笑っている。「どういうことでしょう、宮戸屋さん」

「楽器屋さんが扱うのは太鼓や三味線、篠笛《しのぶえ》や尺八だけではありません。法螺貝《ほらがい》も売ってますからね。平気な顔をして、堂々と法螺を吹く」

信吾は笑い上戸の波乃が弾《はじ》けるのではないかと心配したが、どうやら杞憂《きゆう》であったようだ。ところが驚いたことに、モトが含み笑いをしたのである。

波の上の冗談だけでなく法螺貝での笑いと続いたので、信吾はこれまでのモトと同一人とは信じられなかった。とりわけ一家を巡る悲劇を権六に聞いた直後だけに、モトの邪気のない笑顔は、信吾にとって不可思議でしかなかったのである。

十

善次郎と正右衛門の、いかにも商人らしい座を和ませる冗談や話の運びで、宴は和気《わき》藹々《あいあい》の内に進んでいた。料理のほうも煮物替わりが秋鮭白味噌鍋仕立て、焼き物は魳《かます》と椎茸《しいたけ》の金山寺味噌焼きで、箸休めが鮪《まぐろ》の山掛けに黄身醤油《きみじょうゆ》と、順次供された。

いつの間にか男は男同士、女もおなじように集まって、二つの組ができていた。

モトのまえに左右から繁とヨネが膝を進め、半年にわたる教授の礼を交互に述べて、その労を労《ねぎら》った。それに対してモトは、ありがたいお言葉ではございますが、わたくしとしましては自分の務めを果たしただけでございますと、信吾と波乃に言ったことを繰り返した。

「料理もそうだけどね」と言ったのは、咲江であった。「あたしゃ波乃さんを大らかに、伸び伸び伸びと育ててくれたことがなによりもありがたくてね。ちょっと、いえ、かなりの変わり者、はみだし者の信吾の欠けたところを、波乃さんは本当に見事に補ってくれていますから」

「それはわたくしより奥さまのお力で」

談笑していた男たちが、いつの間にか静かになっていた。女たちの遣り取りに、聞き耳を立てていたのだ。

なおも褒めと感謝の言葉が続いたが、身に余る光栄ですと言ってからモトは続けた。

「わたくしにとりましては恩返し、それもほんの一部でしかありません。ご主人さまと奥さまには、わたくしは生涯かけてもお返しできないほどの、おおきな恩を受けております。これは決して大袈裟ではありません。みなさま、特に宮戸屋さんのみなさまはご存じでないでしょうけれど」と咲江、繁を見、モトは波乃に微笑みかけた。「わたくしは十六歳で春秋堂さんに奉公にあがりましたが、奉公とは名ばかりでした。料理はもちろんとして、掃除や洗濯、人との関わり方などがまるでわからず、なに一つ満足にできなかったのでございます」

「モトは謙遜しておりまして、決してそんなことはございません。特に礼儀作法と言葉遣いは完璧でした」と、ヨネがムキになっていると思えるほど熱っぽい言い方をした。

「たしかにできないことはありましたが、憶えが早いものですから教え甲斐がありましたよ。それと、なにが大事でなにがそうでないかを見極める力にも驚かされました。ですから料理ができないまま嫁いだ波乃は、なんとしてもモトに任せなければと。あたしの期待にモトは見事に応えてくれました。早くて一年、いえ、とてもそれでは終わらないだろうと見ておりましたが、モトは半年でひと通りのことを教えてくれましたから」

「それは波乃お嬢さまの呑みこみの早さのためで、わたくしはほんのお手伝いを」

「モト、そんなふうに遜《へりくだ》るものではないわ」と波乃は、これだけは言っておかなければと意気込んでいた。「さっき母が、モトはなにが大事でなにがそうでないかを見極める力があると言いましたが、あたしもそれを感じずにはいられませんでした。全体が見えていて、それでいて手取り足取り、嚙んで含めるように教えてくれたからこそ、あたしのような者でもなんとか人並みになれたのだと思います。モト、本当にありがとう」

「もったいのうございます。それより波乃さま」

「なんでしょう」

「今、言っていただいたこと、つまり大小がわかっていて、手を取り足を取り、嚙んで含めるようにとのことですが、そっくりそのまま、二十年余りまえに奥さまがわたくしにしてくださったことなのです。ですからわたくしは、ようやくのこと恩返しができたと、むしろ感謝しているのでございますよ」

実に鮮やかな纏め方だと、信吾は感心せずにはいられなかった。これもモトの魅力の一つなのだろう。それくらいモトは魅力に溢れていると、権六は信吾に伝えずにはいられなかったのだ。それがよくわかったのである。

権六は基姫の一家が悲劇に遭ったのは、姫が十六歳か十七歳の齢であったと言った。そして乳母であった奉公女に、別人として生きると告げて姿を晦《くら》ませ、行方は杳として知れなかったとのことだ。

当時の基姫の年齢をはじめとして、モトの告白は権六の話したことと符合する。

基姫は高価な琴などを購っていた春秋堂に善次郎を頼った。というより、ほかに頼れるところがなかったのだろう。親戚で引き取ってもいいという家があったが、武家を捨てた基姫に身を寄せる気はない。

善次郎とヨネの夫妻は窮鳥である基姫を、一奉公人としてその懐に匿《かくま》うことにしたのである。

極力、外部とは接触させぬようにしたが、問題はほかの奉公人たちとの関係であった。いくら娘の教育係、世話係といっても、奉公人であることに変わりはない。となるとかつての基姫さまを、モトと呼び捨てにしなければならないのである。一事が万事であった。

いくら基姫が承知しているとわかっていても、これは身を切られるに等しい苦痛であったことだろう。だがそれに徹しないかぎり、別人として生きると決意した基姫の気持に副うことはできない。

堪え難きことではあるが、両親と二人の兄が自害し、姉姫が尼となった基姫の苦悩に較べれば、自分たち夫婦の苦しみなど取るに足りぬと、割り切るしかなかったのだろう。それを二十年以上も続けているのである。しかも一瞬として、気を緩めることは許されなかった。

奉公人になったが、なにもできなかったと言ったモトの言葉が事実なら、礼儀作法と言葉遣いは完璧だったとのヨネの言葉も正しい。

まるで、どうしても話さなくてはならないように信吾が仕向けたと権六は言ったが、自分からこれだけは言っておきたいとの思いがあったはずだ。それが五ツという珍しく早い時刻に、将棋会所にやって来た理由だと思われる。

地味で、目立たない奉公人にしか見えないかもしれませんが、モトさんは実は素晴らしい心構えの方なんですよと、権六は、せめてそれだけは伝えたかったのだろう。川瀬は「見た目ほど悪いやつじゃない」と言ったが、悪いやつどころか実に善《い》いやつなのである、権六親分は。

信吾と波乃は権六に教えられ、事情があって没落した、おそらくは大身旗本の姫だろうことを知っている。宮戸屋の人たち、祖母の咲江、父正右衛門と母繁は、信吾たちほど具体的ではないとしても、育ちのいい人が止むを得ぬ事情で商家に奉公するしかなかったということは、感じ取っているはずである。

あらゆる種類の人たちと接する老舗料理屋の者に、それがわからぬはずがないではないか。わかってはいても、口にしないだけのことなのだ。

この場に居る人たちは、その思いを一層強くしたことだろう。ああ、それにしてもいい宴を父は用意してくれたと、信吾は正右衛門に感謝せずにはいられなかった。

語りあいながらも、宴の人たちは次々と出される料理を味わっていた。

蒸し物の鶏笹身《ささみ》の蕪蒸《かぶらむ》し、油物が真魚鰹《まながつお》と子芋の揚げ出汁《だし》で、酢物《すのもの》は鯵《あじ》の磯辺巻きであった。かなりの数が出たので、女たちの中には腹がくちくなって、箸が止まった者もいたようだ。

ちいさな飯碗にイクラご飯が品よく装《よそ》われ、止め椀が松茸の赤出汁であった。水物は梨《なし》の吹き寄せ盛りである。

「よろしいかしら、みなさん」と、ころよしと見たらしく咲江がそう言った。「お楽しみいただいている最中ではございますが、ここでみなさまにお詫《わ》びしなければなりません」

そこで一度切ったのと、「お詫び」という言葉に、一体なんだろうと全員が咲江を見た。

「ですがあたしは昔から詫びごとが苦手でして、ここは代わりの者に任せると致しましょう」

咲江に笑い掛けられ、正右衛門は苦笑するしかなかったようだ。

「偉大な、偉大すぎる母親を持った倅の悲哀でございます。それもてまえの非ではありません。もちろん、母にも落ち度はございませんでね。なんと不肖の息子のために、父親はみなさまに半白の頭をさげねばならぬのでございます」

「大仰な言い方をすると、続けるのが難しくなるわよ」

「偉大な母は、傷口に容赦なく芥子《からし》を擦りこむようですね」

「それに耐えるのも親孝行」

すかさず善次郎が茶化す。

「さて、モトさんですが、ちょっと見たところ頑固そうに見えますが、実のところ頑固そのものでして」

長く料理屋のあるじをやってきただけに、正右衛門は人の心を解《ほぐ》したり、逆に緊張させたり肩透かしを喰わせたりして、相手あるいは座の反応を見ながら、どうにでも融通を付けられるものらしい。その正右衛門に咲江や善次郎が巧妙にからむので、笑いは絶えなかった。

「てまえどもはもちろん、春秋堂さんも今回のモトさんの働きに感謝して、なんとしてもお礼をしたかったのですが、自分の役目、務めを果たしただけですからと、頑として受け取ってくれませんでした。それであればと教えてもらった波乃、春秋堂さんごめんなさい、嫁ですので呼び捨てにさせてもらいます。波乃とその亭主である信吾が、品物を受け取ってもらえぬならせめてもと、心を、気持を形にしたそうでございます。それがなにか、母もてまえも家内も、弟の正吾も、教えてはもらえませんでした。モトさんもそうでしょうが、てまえもそれを見たくてなりません。信吾、波乃、どちらに頼めばいいのだ」

二人は顔を見あわせ、波乃が横に置いた風呂敷包みを取りあげて、ためらいがちにモトに渡した。受け取ったモトは、一礼して信吾と波乃を見てから言った。

「拝見してよろしいかしら」

もちろんというふうに二人はうなずいた。奉公人ではあってもモトの指は、さすがに白魚とは言えなくてもきれいである。その両手の指が包みを解いてゆく。

表紙の題簽《だいせん》には次のように記されていた。

百人一首　モトさんのために

信吾と波乃がこの日のために、一首一首を交互に書き写したものであった。

モトの指が震えながら表紙を捲《めく》った。目が真ん丸に見開かれている。

モトがゆっくりと捲ってゆく。

一枚。

そして一枚。

さらに一枚。

そこで手は止まった。

モトは塑像になった。

だが、ただの塑像ではない。

生きた塑像だ。塑像の指が、手が、いや、体全体が震え始めた。

塑像の目に涙が浮かんだ。

塑像が震え声で言った。

「ありがとうございます。信吾さま、波乃さま。旦那さま、奥さま。そしてみなさま」

塑像は深々と頭をさげたが、さげたままであげなかった。あげられなかったのだ。両膝にそろえて置いた手に、ポロリと雫《しずく》が落ちた。ためらうように右の手が懐から手拭を出して、目許を押さえた。さらに左手が添えられた。

次の朝、波乃はモトといっしょに台所に立った。そして手分けして、ご飯を炊き惣菜の用意をした。

前夜は宮戸屋に全員が呼ばれたので、ご飯も炊かず惣菜も作らなかった。だが今日からは、毎朝ご飯を炊き惣菜を作ることにしたのである。モトに教わることは終わったので、宮戸屋や春秋堂とおなじく朝を主にすることに決めたのだ。

歌うような声は波乃のものであった。

「初めちょろちょろ中ぱっぱ、じゅうじゅう吹いたら火を引いて、赤子泣いても蓋取るな」

モトの朱筆の部分も含めて、波乃が呪文のように唱えていたのである。それに気付いてモトが微笑んだ。

お菜《かず》は秋刀魚の塩焼きであった。

いいのが入ったので、一等最初にこちらにお持ちしましたと、魚勝が届けてくれたのだ。それを四尾焼いて、酢橘《すだち》とおろし大根をたっぷりと添えた。

朝食のあとの茶を飲み終えたところに、春秋堂から手代がやって来た。モトの荷物はすでにおおきめの風呂敷に包まれている。衣類や手鏡など身の回りの物だけなので、それですんだのだ。

前日、宴が終わったあとの話で、モトの荷物は信吾が運ぶと言ったのだが、「それはなりません」とヨネにやんわりと断られた。断られたことはもう一つある。信吾と波乃は昼ご飯を食べて茶を飲み、ひと休みしてから、モトに春秋堂に帰ってもらおうと考えていた。しかしそれではだらだらと間延びしてしまうので、ケリの付いたことはテキパキ進めるべきだと言われたのだ。

気懸かりなのは権六であった。昼ご飯を食べてひと休みしてからと言っておいたので、用を終えて駆け付けたとしてもモトはいないからである。もっとも事情を話せばわかってもらえるだろうし、おそらく姿を見せることはないだろう。

信吾と波乃、そして常吉の三人は門でモトを見送った。

なにも言わずに顔を見あわせて、お辞儀をし、頭をあげると微笑みあった。

軽く会釈したモトは、踵《きびす》を返すと風呂敷包みを背負った手代と去って行く。振り返ることはなかった。

いかにもモトらしいと信吾は思った。

解説

内田　剛

まったくなんて物語だ。これだ。こういう物語を読みたかったんだ。思わず膝を打った。そして嬉《うれ》しくなった。まさに僕らが待ち望んでいた小説世界がここにある。読み終えて真っ先にそう感じた。隣に誰が住んでいるのか、顔も名前も分からなくなってしまった現代社会。人との生身の付き合いが極端に希薄となった現代。時代の流れに拍車をかけるように世界は新型コロナウイルス感染症の脅威に襲われている。混沌《こんとん》とした闇に覆われた今だからこそ、このような人間くさい作品が必要なのだ。ソーシャルディスタンスが当たり前となった新たな日常。心にぽっかり空いた隙間を埋めるに相応《ふさわ》しい物語が本書なのである。

単独でも楽しめるが本書はシリーズ最新作でもある。まずはこれまでの既刊をおさらいしておこう。スタートとなるのは「よろず相談屋繁盛記」シリーズ。こちらは二〇一八年八月刊『なんてやつだ』を皮切りに『まさかまさか』『そりゃないよ』『やってみなきゃ』『あっけらかん』と約一年半の間に立て続けに出された五点もの。すべて平仮名で軽妙な内容をズバリと言い表したような動きのあるフレーズをタイトルに持ってきている。

　主人公・信吾が伴侶・波乃を娶《めと》って第二幕「めおと相談屋奮闘記」シリーズが幕を開けた。二〇二〇年五月に始まり四か月に一度のペースで刊行されている。本作『梟《ふくろう》の来る庭』は『なんて嫁だ』『次から次へと』『友の友は友だ』『寝乱れ姿』に続く五作目。前シリーズの『なんてやつだ』から数えて十作目となる節目の物語でもある。口に出したくなるようなタイトルを並べてみただけでも、一筋縄ではいかない「まさかまさか」の人生模様と、まさに「次から次へと」止《とど》まることを知らない勢いが伝わるだろう。江戸情緒に溢《あふ》れたまるで読む落語のような抜群の面白さ。すべて親本（単行本）はなくて「いきなり文庫！」の宣伝文句が躍る文庫書下ろしだ。読み始めたらそこはまさに至福の世界。発売から続々と増刷がかかって、もはや押しも押されもせぬ集英社文庫の看板シリーズとなっている。

　舞台は江戸下町の黒船町。青春時代小説のど真ん中に位置づけられる本作品は読みどころがたっぷり。その魅力は書ききれないほどたくさんあるが、真っ先に挙げたいのが登場人物たちの惚《ほ》れ惚《ぼ》れするような個性である。とりわけ主人公・信吾からはまったく目が離せない。老舗料理店「宮戸屋」の跡取り息子という出自の良さ。ところが十九歳で相続を放棄（！）し、世の人の役に立ちたいと弱冠二十歳で独立してよろず相談屋を開くという潔さ。さらに日銭を稼ぐために将棋会所を始めるという行動力。正義感だけでも突き出ているが、将棋の腕前ばかりか武術にも心得があるうえに、動物と話せる（！）という特異な才能まで持っている。人間的な資質で人を魅了するのだが、なんでもできる完全無欠のスーパーヒーローではなく茶目っ気たっぷりの変わり者というのがいい。とにかくアイディアの引き出しは豊富である。シリーズ全体から興味関心の幅の広さと奥行きの深さが感じられてなんとも痛快だ。

信吾は商売人でもあれば趣味人でもある。大らかに自由を謳歌《おうか》するその姿にも憧れる。成功しても決して驕《おご》らず常に身の程を知り、出会った者たちから吸収しようとする謙虚な姿勢に惹《ひ》かれるのだ。読み進めれば、物語としての可笑《おか》しみだけでなく信吾の新たな才気が上塗りされていくのが肌で感じられる。気づかされるのは清々《すがすが》しい成長だけではない。物語自体が徐々に高揚感を帯びていく様も力強く感じられる。停滞した時代の霧を晴らすような爽快感。そして地に足のついた着実な変化が「相談屋」シリーズ最大の長所と言っていいだろう。

そしてまた「相談屋」という設定が面白さの肝ともなっている。「よろず」といっても「金の融通、素行調べ、人を不幸にする相談」には決して乗らない。集ってくるのはそれぞれに人知れず悩みを抱えた老若男女たち。読み進めるだけで市井の人間模様がわかる仕組みになっている。ユーモアあればシリアスもあり。スリルあればサスペンスもあり。過酷な運命に翻弄され背負わされた重い十字架。その重荷を降ろさせ、悩みを聞き、解決の糸口を探っていきながら、主人である信吾も妻・波乃も人生とはなんぞやを知る。「相談屋」を営む若い夫婦が一歩一歩着実に生活力を蓄える姿を目の当たりにできるのだ。厳しい世間であっても、解決された悩みの後にはほんのりとした優しさとジワっとした温かさが残る。

さて本書であるが冒頭から順番に「恋患い」、表題作である「梟の来る庭」、「蚤《のみ》の涎《よだれ》」、「泣いた塑像」の四篇《ぺん》から構成されている。どれもテンポが小気味よい。心の襞《ひだ》の痒《かゆ》いところにも手が届く心憎いばかりのストーリーに唸《うな》らされる。

まずは第一話「恋患い」から読んでみよう。これは「めおと相談屋」の得意ジャンルだ。信吾の竹馬ならぬ竹輪（！）の友である鶴吉と寿三郎による冒頭の会話の応酬からすでに気分はすっかり江戸っ子。高座の特等席で上質な落語の演目を聴いているようだ。活《い》き活《い》きとした臨場感に全身が包みこまれる。相談屋の仕事を超えて大切な仲間であるお人好《よ》しの完太の悩みを解決したい信吾。友の恋路を真剣に悩む仲間たち。なんとかしてあげたいという想《おも》いが募り、考え抜いた作戦も不器用だからこそ身にしみる。「どんな人間にも欠点はあるものさ。だけど欠点をいちいち気にしていては、生きていけないよ」と口を切る鶴吉の言葉が心に響く。さり気なく人生の真理を教えてくれるのだ。乙女心を射抜くコツを知り生涯の友情を確かめ合うだけでなく、手順を踏むのかふとした発見から解答を導き出すのか、悩み事を解決する方法を考えさせるのも第一話のポイントだ。波乃の活躍ぶりも眩《まぶ》しく輝き微笑《ほほえ》ましい。

「ホッホホー、……ゴロスケ・ホッホ」という梟の福太郎の鳴き声が導入となる第二話の「梟の来る庭」はメインタイトルにも抜擢《ばってき》するくらいだから特別だ。この福太郎、波乃がいない時にやって来て、信吾だけに話し掛けるから面白い。思いもよらない人間と梟との本音の交流。動物好きな著者であるが、とりわけ大いに人の役に立つ梟に愛着がある事はその描写からも如実にうかがえる（動物好きに悪い者はまずいないし、動物のキャラクターがある文庫レーベルに間違いはない）。こうした愛を至るところから感じさせるのもまた好印象だ。ともあれ知恵の象徴でもある梟が見通す人の世とは一体どんなものなのだろうか。身も心もざわつかせるが、梟だけでなくカナアリヤはじめオウムにインコとさまざまな鳥たちが登場し、江戸時代の鳥事情にも興味津々。「特に興奮した相手には、もの静かに接すべきなのである」という信吾のクールな視点は空を飛ぶ鳥たちから学んだものなのかもしれない。さらに料理屋をルーツとする信吾の側面まで垣《かい》間見《まみ》られるからこれはファンにはたまらない。

「蚤の涎」は「猫の額」のような語感のタイトル。相談してきた昇平は背格好から体付き、声の質まで信吾とそっくりときたから相当な曰《いわ》く付き。どうも身代りの相談のようだからこれは大騒動だ。信吾のスリリングな立ち回りと練り込まれた企《たくら》みも読みどころのひとつ。まるで謎かけのような「雀の涙」よりも「蚤の涎」。さあ、そのこころは……見事なストーリー展開をぜひ本編でたっぷりと味わってもらいたい。

そして締めくくりは「泣いた塑像」。これだけでも長編となりそうな密度の濃い人間ドラマが展開する。いつもとようすが違う波乃が信吾に手渡したのはモトから教わってきた料理のメモ。人から人へと受け継がれる大切な想いがここから伝わってくる。「めおと」というかけがえのない存在に象徴されるシリーズを通して感じられた「つながり」の尊さが明確にされるのだ。ここでは多くは語れないが「泣いた塑像」の価値ある存在感を心ゆくまで嚙《か》みしめて欲しい。最高の余韻を約束する充実感たっぷりの区切りであることがわかるだろう。

ページをめくるのがこの上なく楽しいのだが読み終えるのが惜しい。このままいつまでも読み続けていたいと正直思ってしまうのだが、それでも読み終えた充足感がまたたまらない。いつの間にか物語の中に没入して登場人物たちと一緒になって泣き笑い。身近にこんな「相談屋」があったらと思いながら喜怒哀楽の感情を共有してしまうのだ。いい物語は必ず自分もその中にいる。まさにその思いをはっきりと感じた。

著者の野口卓は人生の機微を知り尽くした一九四四年生まれの大ベテラン。一九九三年に一人芝居「風の民」の戯曲で菊池寛ドラマ賞を受賞したあと、二〇一一年に老剣士が痛快に活躍する『軍鶏侍《しゃもざむらい》』で時代小説デビューして一躍注目作家の仲間入りを果たした。「軍鶏侍」は番外編を含めて全七作のシリーズとなり、いまや書店の文庫棚には欠かせない定番タイトルだ。遅咲きの大輪の花を咲かせたわけだが、ここに至るまでの道のりは決して遠回りではない。数々の職業を体験されたキャリアは執筆の上でも大きな財産になっているだろう。

人間味がほとばしる物語を生み出す著者の人柄を知る絶好の手がかりは「web集英社文庫」で公開されている「二〇一九年　新春特別インタビュー」（聞き手・細谷正充《ほそやまさみつ》さん）だ。『まさかまさか　よろず相談屋繁盛記』刊行にあわせた対談であるが、本シリーズを読み解くヒントがつまっている。藤沢周平作品を読み漁《あさ》った作家デビューまでの読書体験。根っからの動物好きで、飼い猫と会話ができたかのようなエピソード。作品の中に悪人が出てこない理由や、遅いデビューだったからこそ若者の成長を俯瞰《ふかん》して描けることなど興味深い話が続き、創作の裏側を覗《のぞ》くことができる。自由な感性で生み出され、自ら「書いていて楽しい」からこそ、このシリーズは読者の感情も和ませ癒やすのだ。最も印象に残るのは、読後の「後味」を大事にしているという言葉。思わず笑顔がこぼれてしまう読後の余韻は、著者が持つ人肌の体温と読者への思いやりからくるものだ。さすがの年輪と思わざるをえない。

これまでの著作は鏡磨《かがみと》ぎ師《し》を主人公にした『ご隠居さん』ほか、『手蹟《しゆせき》指南所「薫風堂」』『一九戯作旅』『大名絵師写楽』（『からくり写楽　蔦屋重三郎、最後の賭け』として改題文庫化）など江戸時代の職人芸と文化人に材をとった作品が多いが、世代を超えて支持されて圧倒的な人気作となったこの「相談屋」シリーズが著者にとってのターニングポイントであり新たな代表作であることは間違いない。

「相談屋」シリーズの主人公夫婦・信吾と波乃は互いを補い合う見事なコンビ。この「若さ」と「成長」が時代小説の世界に爽やかな新風を送りこんだ。王道ともいえる熟練の筆の力を存分に見せつけながら、このような瑞々《みずみず》しい物語世界を構築し続けるとは驚きだ。ど真ん中の直球あればコーナーを丹念につく変化球もある。大胆かつ繊細に読者の心を巧みにリード。スピードとコントロールがとにかく絶妙なのである。読んでいて心地が良い理由は著者が思う存分に楽しんでいるからだろう。もともとラジオやドラマの脚本を手掛けていたからこその、卓越したアイディアとまったく飽きさせない展開の妙。生み出された創作物の主人公の成長とともに著者の名人芸が、これからどんな進化を遂げていくのか楽しみで仕方ない。

（うちだ・たけし　ブックジャーナリスト）

本書は、集英社文庫のために書き下ろされた作品です。

本文デザイン／亀谷哲也［PRESTO］

イラストレーション／中川 学

集英社文庫
野口卓の本

なんてやつだ
よろず相談屋繁盛記

不思議な能力をもつ青年・信吾。家業を弟に譲り独立し、相談屋を開業するが。痛快爽快、青春時代小説、全てはここから始まった！（解説／細谷正充）

集英社文庫
野口卓の本

なんて嫁だ
めおと相談屋奮闘記

相談屋に来た三人の子供の相談に波乃が対応することに。その話を聞いた信吾が考えたことは。青春時代小説、第二シーズンに突入！（解説／細谷正充）

集英社文庫
野口卓の本

次から次へと
めおと相談屋奮闘記

将棋会所に来る子供達の中で抜群に強いハツ。信吾に特別な思いを持つ彼女が初めて波乃と対面。「将棋の心」も描かれる印象的な巻。（解説／先崎　学）

集英社文庫
野口卓の本

友の友は友だ
めおと相談屋奮闘記

釣りに行った先で、川獺に友人の身に迫る危機を知らされた信吾はどうする？　小僧の常吉の微笑ましい話など、多彩な魅力で迫る巻。（解説／田口幹人）

集英社文庫
野口卓の本

寝乱れ姿
めおと相談屋奮闘記

自分が相談客に話した内容が、犯罪を誘発したのでは、と信吾が悩んだり、波乃が初のひとり仕事に挑んだり。人情話から艶話まで！（解説／西上心太）

集英社文庫

梟《ふくろう》の来《く》る庭《にわ》　めおと相談屋奮闘記《そうだんやふんとうき》

2021年9月25日　第1刷　定価はカバーに表示してあります。

著者　野口《のぐち》　卓《たく》
発行者　徳永　真
発行所　株式会社　集英社
東京都千代田区一ツ橋2-5-10　〒101-8050
電話【編集部】03-3230-6095
【読者係】03-3230-6080
【販売部】03-3230-6393（書店専用）
印刷　図書印刷株式会社
製本　図書印刷株式会社

フォーマットデザイン　アリヤマデザインストア　マークデザイン　居山浩二

ISBN978-4-08-744296-0 C0193